唐 杨升 蓬莱飞雪图

明 仇英 辋川十景图（局部）

元 盛懋 坐看云起图

五代 巨然 秋山问道图

元 佚名 商山四皓图

唐诗陕西

秦岭风情

杨乾坤 注释

陕西新华出版传媒集团
陕西人民出版社

图书在版编目(CIP)数据

唐诗陕西·秦岭风情/杨乾坤注释. —西安:
陕西人民出版社,2022.4
ISBN 978-7-224-14406-2

Ⅰ.①唐… Ⅱ.①杨… Ⅲ.①唐诗-诗歌欣赏 Ⅳ.
①I207.227.42

中国版本图书馆 CIP 数据核字(2022)第 028308 号

主　　编:宋亚萍

出 版 人:赵小峰
策划编辑:李晓锋　张孔明　彭　莘
责任编辑:王彦龙
整体设计:杨亚强

唐诗陕西·秦岭风情
TANGSHI SHAANXI QINLING FENGQING

选 注 者　杨乾坤
出版发行　陕西新华出版传媒集团　陕西人民出版社
　　　　　(西安市北大街 147 号　邮编:710003)
印　　刷　陕西天地印刷有限公司
开　　本　880 毫米×1230 毫米　1/32
印　　张　7
插　　页　4
字　　数　168 千字
版　　次　2022 年 4 月第 1 版
印　　次　2022 年 4 月第 1 次印刷
书　　号　ISBN 978-7-224-14406-2
定　　价　58.00 元

如有印装质量问题,请与本社联系调换。电话:029-87205094

序

孔　明

今生今世，无论是谁，做了陕西人，都应该感到庆幸。不说黄帝、炎帝，不言周秦西汉，单道唐朝盛世，陕西都堪称泱泱中华的一方风水宝地。陕西遇着了唐朝，而且拥有了京畿之地；陕西遇见了唐诗，而且独占了唐诗高地。如同大唐盛世在中国王朝史上居于峰巅一样，唐诗在中国文学史上无须赘言，自然巍峨。古代中国享有“诗国”之美誉，不能说是唐诗所赐，却可以说唐诗的浓墨重彩为中国披上了绚丽的诗衣。在唐诗版图上，唯独陕西得天独厚，无论唐诗数量抑或质量，只有第一，没有第二。博读唐诗，诗魂悠悠，在诗行里游走，浸淫既久，人被诗化，出口不是诗，也是歌了。唐诗的魅力、魔力与感化力，于此可想而知！

唐诗林里，古代陕西的人文大观、人情风土、人物风流以及田园山水、名胜古迹等，都是绕不过去的，就如同皓月当空，谁也不能无视一样；就如同“万绿丛中一点红”，人不惊艳，怎么可能？那种独有的风景、风情、风物、风韵、风骨，仿佛春风扑面，又如花香袭人，不期然已身临其境而叹为观止；遍游陕西，旮旯犄角都有唐朝遗韵，稍不留神就有唐诗馀韵，驻足流连就有唐诗人物形影足迹可觅，洗耳恭听就有唐诗本事耳熟能详。咦！人道是陕西一阈，呈现的却是大唐王朝的盛世气象与博大情怀，更兼备中国人文地理的国家特征与民族图腾。因此之故，饱读唐诗，读进去了，很容易“惚兮恍兮，其中有象；恍兮惚兮，其中有物”，此中美妙，一言难尽。就好像是旧地重游，眼前似曾相识，又恍若隔世，忍不住要抚今追昔、缅怀古人了。或许自己的祖先就曾生活在陕西，也或许祖上某个人物曾在陕西宦游，更或许追根问底，自己原本就是陕西的唐人！

如果不读唐诗呢？那就不无遗憾了！不读唐诗，就不能领略陕西的人文丰厚；不读唐诗，就无法读懂陕西的前世今生；不读唐诗，就难以真正感悟陕西何以成为皇天后土的代名词。最大的遗憾是，不读唐诗，今生今世极可能与陕西皇天后土失之交臂，对话都少了一种资本，毕竟在这方神奇的故土里，播撒了太多唐贤的种子，抓一把泥土就像抓了一把唐魂，就等同于与唐贤握手。妙乎哉，不妙乎？

话说到这份上了，再说《唐诗陕西》丛书呼之欲出，真不是夸张；说其水到渠成，真不是自作多情；说其应运而生，真不是欺世盗名。

呈现在读者（唐人后裔）面前的《唐诗陕西》，分册有五：一曰《大唐三百年》，二曰《京城长安》，三曰《天府关中》，四曰《秦岭风情》，五曰《人文纵横》。顾名思义，就足见选注者只眼不俗，匠心独具，用心何其良苦，其视野在云横秦岭之上，其学识如云破月来花弄影，其钩沉直似学海爬梳，梳理出来的都是唐诗里的一串串珍珠，都带有陕西的胎记。一套《唐诗陕西》在手，唐诗陕西便横空出世，唐朝陕西更一览无馀。

《大唐三百年》，唐诗三百年。盛世之治，安史之乱，都在陕西地面上演；兴而盛，盛而衰，都有唐诗陕西为证。杜子美诗云："忆昔开元全盛日，小邑犹藏万家室。稻米流脂粟米白，公私仓廪俱丰实。"所谓国富民强，此之谓也！太史公曰："仓廪实而知礼节，衣食足而知荣辱。"唐人气度，唐人风度，唐人大度，唐人美誉度，俱从此而来。这样的国度，不被歌唱，那才叫怪了；既然被歌唱，唐诗焉能不蔚然成风？唐朝诗人辈出，唐诗登顶称雄，也就见怪不怪了。在唐朝，即使乡村野老，甚至妇孺文盲，不出口成章，也能吟出时尚韵句，那真道是一代风流，已惠及田间地头。那时候，唐诗之流行，一如当今之流行歌曲，人皆能哼哼几句，不哼哼那还是唐人么？

《京城长安》，真可谓诗城、诗都！读唐诗，真能读出一座城来，此城天下独一无二，那就是唐都长安。盛世繁华，长安为证；万国来朝，长安见证；自信风度，长安明证；前无古人，后无来者，唐诗足可自证。在长安，诗仙李白，曾经傲视王侯；在长安，诗圣杜甫，曾经怀抱美梦；在长安，诗魔白居易一曲《长恨歌》，千年传唱。长安，借杨乾坤先生一句话，足可以自美："地域之美，时代之美，格局之美，气度之美，文化之美，科举之美……"美中不足的是，唐长安诸般美轮美奂，后人大抵只领略了皮毛。想要全方位领略，那就非读唐诗不可。读《京城长安》，就算管中窥豹，也必喜出望外！那可是唐诗里的长安啊！

《天府关中》，有诗为证，那只能是唐诗。杜子美云："回首可怜歌舞地，秦中自古帝王州。"秦中，即关中也！关中地面上能雄起周秦汉唐，岂偶然乎？至少唐以前的天府之国，不在蜀，而在秦，读罢《天府关中》，心中若还有疑问，那就去恶补国史吧！读这一本唐诗，始信关中的神奇不是吹的，确信天府之桂冠不是自封的。八百里秦川，在唐代诗人韩琮眼里竟然是"秦川如画渭如丝"，这样的目光，这样的胸襟，这样的诗句，唯独唐人才能吟出！倘近距离观赏，跃入眼帘的却是这样的画面："万户楼台临渭水，五陵花柳满秦川。"哦，这是崔颢的诗！崔颢是谁？就是写下唐人七律第一《黄鹤楼》的那位主儿！李白称羡曰："眼前有景道不得，崔颢题诗在上头。"想来，也只有天府关中，才配得韩琮、崔颢的诗句！

《秦岭风情》，一定是别有风情，也是有唐诗为证。当今之世，谁人不知，何人不晓，秦岭不仅是中华脊梁，而且是国中后花园，享有"中国肺"之清誉。秦岭横亘东西，居然把中国分为南北，把黄河、长江劈为两大水系，作为华夏儿女，岂能不顶礼膜拜？读罢《秦岭风情》，那风情在唐诗里温润香郁如美酪，婉转婀娜如歌舞，醍醐灌顶如雷音，不拍案惊奇，也当掩卷回味，只恨晚生了千馀年，没赶上那人人挺胸凸肚、神气活现的如花怒放时代。然而，虽说沧海桑田只能咏叹，但能读唐诗而故国神游，也可谓三生有幸了！今夕何夕，竟能与唐诗相遇？今夕何夕，竟能在唐诗里饱阅秦岭风情？说白了，那正是唐人风情！秦岭如画，秦岭如歌，秦岭如诗，那一定是唐诗！千年诗国，首推大唐；万首唐诗，首推秦岭。美乎哉，真美也！壮乎哉，真壮也！奇乎哉，真奇也！

《人文纵横》，纵横人文，人文第一，非唐诗而何？唐诗里有浪漫主义，如李白；唐诗里有现实主义，如杜甫；唐诗里有魔幻现实主义，如李贺、李商隐。说唐诗是中国传统文学的登峰造极，至今罕有异议；说唐诗是华夏文明开出的一朵奇葩、结出的一枚神果，至今罕有质疑。唐人风流，有诗为证："虢国夫人承主恩，平明骑马入宫门。却嫌脂粉污颜色，淡扫蛾眉朝至尊。"即使讽喻，也难掩唐人审美高调。唐人多情，有诗为证："杨柳青青江水平，闻郎江上唱歌声。东边日出西边雨，道是无晴却有晴。"也只有唐朝，才会如此道情：直白如画，有隐喻，更有欢快。唐人风趣，有诗为证："两人对酌山花开，一杯一杯复一杯。我醉欲眠卿且去，明朝有意抱琴来。"呵呵，那是怎样的人文环境，使唐人活得如此怡然自得！唐诗里更有《登科后》的年少轻狂："昔日龌龊不足夸，今朝放荡思无涯。春风得意马蹄疾，一日看尽长安花。"只有人文包容，才有学子及第的如此张扬！人生得意，莫此为甚；人文底蕴，非此而何？人间万种风情，凭借人文东风，在唐诗里被发挥得淋漓尽致！到陕西来，品唐人诗，领略的是陕西风情，更是唐朝风情的硕果仅存！

选注者杨乾坤先生，何许人也？读《布鼓集》，便能见识他才思之敏捷；读《中国古代文字狱》，便知他学识之渊博；读

《司马迁与史记》，便服膺他学问之深厚；读《楹联趣话》，便敬佩他读书之博闻强记。他的记性奇好，加之口才出众，给他一个话头，他就能灵感喷涌，左右逢源，引经据典就像清风翻书，旁征博引就像天女散花，道不尽的源远流长，说不完的掌故出处。眼见他信手拈来，又见他拈花微笑；他貌似信口开河，实则是“黄河之水天上来”，滔滔不绝是因为腹藏学海，取之不尽，用之不竭也！出于对他人品学养的敬重，陕西人民出版社礼聘他为《全唐五代诗》的特约编辑。与陕西人民出版社合作有年，他的奉献有目共睹，很多高难度的图书编辑，例如《关中方言大词典》等，都借助了他这个“呼之即来”的“活字典”。一半敬重，一半信任，合璧而促成我们向他再次约稿，委托他选注了这套《唐诗陕西》。

《唐诗陕西》是陕西人民出版社出版的《全唐五代诗》的副产品。如果说《全唐五代诗》是一座山，那《唐诗陕西》就是这座山的峰巅；如果说《全唐五代诗》是一条河，那么《唐诗陕西》就是这条河的支流。读唐诗，陕西如影随形，不领略都不得行；游陕西，唐诗如魂附体，不阅读那等于白游了。

把《唐诗陕西》置于枕边，诗有了，梦也有了；把《唐诗陕西》置于案头，风有了，雅也有了；把《唐诗陕西》置于书架，陕西有了，唐朝也有了。岁月悠悠，诗意悠悠，拥有《唐诗陕西》，夫复何求？夫复何求？

2021 年 6 月 6 日

秦岭作为中华龙脉，有广义、狭义之分。广义者，西起今甘肃、青海两省边境，东到河南省中部，全长三千二百里。狭义者，则是指“横天占半秦”的秦岭陕西段。自西向东，依次便是蜀道、太白、终南、华山。

这是蜀道：“噫吁戏，危乎高哉，蜀道之难难于上青天！”

这是太白：“去天三百里，邈尔与世绝。”

这是终南：“南山塞天地，日月石上生。”

这是华山：“西岳峥嵘何壮哉……荣光休气纷五彩。”

诗人妙笔生花——山水形胜之美，帝都王气之佳，天人合一之神秘，共同展现着龙脉的风情。

这条龙脉，地理上分中国之南北，文化上涉多元之融合，军事上乃天然之屏障，交通上为南北之要道。

这条龙脉，气势磅礴，吞吐万状，它频频出现在唐代诗人的笔下。于是，秦岭的神奇在世间流传，秦岭的故事在人间扮演，因山、因水、因人、因事，自见了江山如画，岁月如歌，人文如诗，情感如波。如画而美不胜收，如歌而气象万千，如诗而赏心悦目，如波而正显其澜。诗国千载而推有唐，唐诗秦岭而呈大观。

美哉秦岭，壮哉秦岭，奇哉秦岭。

云散晴山几万重（李　忱），眼前长似接灵踪（薛　逢）。

连峰去天不盈尺（李　白），太白终南地轴横（杜　牧）。

目　录

李世民

李世民（599—649），唐朝太宗皇帝，李渊次子，公元626—649年在位。隋末随父于太原起兵，推翻隋王朝。李渊建唐称帝后，李世民被封为秦王。武德九年（626），发动“玄武门之变”，迫使李渊传让皇位，次年改元贞观。在位期间，推行均田制、租庸调法和府兵制度，兴修水利，加强吏治，发展科举，选贤任能，从谏如流，使社会经济有所恢复，被史家誉为“贞观之治”。著有文集四十卷，《全唐诗》编其诗一卷。

望终南山①

重峦俯渭水，碧嶂插遥天②。出红扶岭日，入翠贮岩烟③。叠松朝若夜，复岫阙疑全④。对此恬千虑，无劳访九仙⑤。

①“终南山”，在今陕西西安市南。一称南山，即狭义的秦岭，又名太一山、地肺山、中南山等。秦岭主峰之一。

② 这两句言终南山之气势。“重峦”，重重的峰峦。“嶂”，似屏障的山峰。“遥”，远。“俯渭水”，即俯瞰渭水。渭水即渭河，源出今甘肃省渭源县鸟鼠山，东入今陕西境内，横贯八百里秦川（即渭河平原），至潼关，入黄河。

③ 这两句言终南山之本色。“出红扶岭日”，仿佛红日是扶着山岭升起来的，以言其高；收贮岩岭之烟霭，以入其翠。“岩烟”，岩岭之烟霭。

④ 这两句言终南山之特质。“朝（zhāo，白天）若夜”，因苍松层层又叠叠也。“阙疑全”，因山岫重重复重重也。

⑤ 这两句言终南山之魅力。“恬千虑”，放下纷繁之世虑。恬，心中安适。“九”，诸仙人。九指众数。

李隆基

李隆基（685—762），唐朝玄宗皇帝，亦称唐明皇。因其谥号曰至道大圣大明孝皇帝，故有是称。系唐睿宗李旦第三子，712—756年在位。景龙四年（710），与太平公主合谋发动政变，拥立睿宗即位，被立为皇太子。延和元年（712），受禅即皇帝位。即位之初，他励精图治，任用姚崇、宋璟为相，整顿武则天以来之弊政，使得唐代的经济文化在开元年间发展到高峰，达到了盛唐之最，被史家誉为“开元之治”。后来他宠杨贵妃惑迷于内，任用李林甫、杨国忠而政荒于外，遂使吏治腐败，中央政权不断削弱，西北、北方各镇节度使形成割据势力。天宝十四载（755），安禄山反叛朝廷，起兵范阳，于次年攻入长安，唐玄宗踉跄奔蜀。诸将拥立太子李亨（肃宗）即位，他被尊为太上皇。史家论其窜身失国之由，正是因其“侈心一动，穷天下之欲不足为其乐，而溺其所甚爱，忘其所戒”（《新唐书·玄宗本纪》）。可谓一针见血之至论。《全唐诗》编其诗一卷。

途经华岳[①]

饬驾去京邑[②]，鸣鸾指洛川[③]。循途经太华[④]，回跸暂周旋[⑤]。
翠崿留斜影，悬岩冒夕烟[⑥]。四方皆石壁，五位配金天[⑦]。
仿佛看高掌，依稀听子先[⑧]。终当铭岁月，从此记灵仙[⑨]。

①此诗是李隆基赴洛阳途中，经过华岳时所作。“华岳”，华山。

②“饬”，整顿。“京邑”，京都长安所在的地区。

③“鸣鸾”，即鸣銮。銮，系在马勒或车前横木上的铃。鸣銮，指皇帝或贵族出行。“洛川”，洛水，此处指洛阳。

④“循”，依照，顺着。“太华”，华山之西有少华山，故称华山为太华，以别之。

⑤“跸”，指帝王的车驾或行幸之处。“周旋”，打交道。

⑥“翠崿（è）”，青绿色的山崖。“悬岩”，高陡的山崖。

⑦“四方”，华山山体乃一巨大花岗岩，体形为四方。《山海经·西山经》：“太华之山，削成而四方。”“五位”，五方（东西南北中）之神。“金天”，指华岳之神金天王。

⑧“高掌”，即华岳仙人掌。“子先”，人名。原名呼子先。据汉刘向《仙人传》载，呼子先是汉中郡卜师，寿百馀岁。临去，呼酒家老妪各乘茅龙飞上华阴山，常于山上大呼：“子先酒家母在此。”天地人暗中感通，相应如同符契，一同登上太华山。

⑨“灵仙”，指巨灵（黄河之神）和子先等灵异和神仙。

卢照邻

卢照邻（637？—680?），字升之，幽州范阳（县名，在今河北涿州一带）人。曾任邓王（李元裕）府典笺，后调新都尉，因染风疾（风痹症，一说即麻风），辞官。居太白山，服丹中毒，手足残废，乃去阳翟具茨山（在今河南禹县北），自号幽忧子，终于不堪疾病折磨，自投颍水而死。《全唐诗》编其诗二卷。

早度分水岭[①]

丁年游蜀道，班鬓向长安[②]。徒费周王粟，空弹汉吏冠[③]。
马蹄穿欲尽，貂裘敝转寒[④]。层冰横九折，积石凌七盘[⑤]。
重溪既下漱，峻峰亦上干[⑥]。陇头闻戍鼓，岭外咽飞湍[⑦]。
瑟瑟松风急，苍苍山月团[⑧]。传语后来者，斯路诚独难[⑨]。

① 分水岭，在梁州，大约在今陕西略阳县东南的嶓冢山一带。

②“丁年”，成丁的年龄。谓成年人。“蜀道”，蜀地通秦之道，此道在高山峻岭中，极难行走。“班鬓”，花白的鬓发。“班”，通“斑”。“班鬓”，一作“万里”。

③“周王粟”，引伯夷叔齐不食周粟之典故，反其意而用之。“汉吏冠”，汉代王吉与贡禹为友，世称“王吉在位，贡禹弹冠”。言其取舍同也。（《汉书·王吉传》）这句是说作者自己未能做官，故曰“空弹”。

④“貂裘”，以貂皮所作之衣。“敝”，坏，破旧。“敝”，一作“故”。

⑤“九折”，指山间羊肠小道。“凌”，侵。“七盘”，岭名，在今陕西宁

强与四川广元交界处。

⑥“干”，干扰，抵触。

⑦“戍鼓”，边防驻军的鼓声。“咽飞湍”，湍急的流水声时隐时闻。

⑧“团”，圆。

⑨这两句说要告诉后来者，蜀道难行。“斯”，此，这。

杨师道

杨师道，字景猷，华阴（今属陕西）人，隋宗室，入唐，尚桂阳公主。贞观中，官拜侍中。参与朝政，迁中书令，罢为吏部尚书。他清警有才思，善草隶，工诗，史称其每与名士燕集，歌咏自适。太宗每见其诗，必吟讽嗟赏。《全唐诗》编其诗一卷。

赋终南山用风字韵应诏①

眷言怀隐逸②，辍驾践幽丛③。白云飞夏雨，碧岭横春虹。

草绿长杨路，花疏五柞宫④。登临日将晚，兰桂起香风。

①这首诗是奉命和李世民《望终南山》诗作。“诏”，皇帝的命令。

②“眷言”，回顾貌。言，发语词，无义。

③“辍驾”句，是说停下车马步行登山。“幽丛”，幽僻的草丛树丛，借指山路。

④“长杨”，汉行宫名，因宫有长杨树而名。“五柞宫”，汉行宫名，因有

五柞树而得名。此二宫故址均在今陕西周至县东南。

张九龄

张九龄（678—740），一名博物，字子寿。唐韶州曲江（今广东韶关）人。擢进士，为右拾遗，累官至中书侍郎、同中书门下平章事，迁中书令。是玄宗朝的名相。他正色立朝，谔谔有大臣节。曾预料安禄山的反叛，请诛之，以绝后患，不许。玄宗后奔蜀，深悔不听其忠告，为泣下。后来为李林甫所谮，罢相，贬荆州长史。张九龄以文自娱，文自有格，超越当时风气，明代胡震亨评其首创清淡之派。有《曲江集》。《全唐诗》编其诗三卷。

商洛山行怀古①

园绮值秦末，嘉遁此山阿②。陈迹向千古③，荒途始一过。硕人久沦谢④，乔木自森罗。故事昔尝览，遗风今岂讹。泌泉空活活，樵叟独皤皤⑤。是处清晖满，从中幽兴多。长怀赤松意⑥，复忆紫芝歌。避世辞轩冕⑦，逢时解薜萝。盛明今在运，吾道竟如何。

① 这首诗是怀商山四皓之作。“商洛山”，在商州一带，属秦岭山系。

②“园绮”，秦末汉初商山四皓中的东园公和绮里季，代指四皓。“遁避”，避世，指隐居。“山阿”，山中曲处。

③“陈迹”，指园绮公的事状已历时久远。

④“硕人”，贤德之人，指商山四皓。“沦谢”，沦，沉没；谢，死，凋落。谓死亡。

⑤“活活”，象声词，水流声。“皤（pó）皤”，头发斑白。

⑥“赤松”，即赤松子，传说中的仙人。“紫芝歌”，古歌名。传说商山四皓以乱世隐退而作。

⑦“轩冕”，古代大夫以上的官员方可乘轩服冕，这里指官爵。“薜萝”，薜荔和女萝，皆为植物名。屈原《九歌·山鬼》：“若有人兮山之阿，被薜荔兮带女萝。”后以薜萝称隐士的服装。

奉和吏部崔尚书雨后大明朝堂望南山①

迢递终南顶，朝朝阊阖前②。朅来青绮外，高在翠微先③。
双凤褰为阙，群龙俨若仙④。还知到玄圃⑤，更是谒甘泉。
夜雨尘初灭，秋空月正悬。诡容纷入望，霁色宛成妍⑥。
东极华阴践，西弥嶓冢连⑦。奔峰出岭外，瀑水落云边。
汉帝宫将苑，商君陌与阡⑧。林华铺近甸⑨，烟霭绕晴川。
既庶仁斯及，分忧政已宣⑩。山公启事罢，吉甫颂声传⑪。
济济金门步，洋洋玉树篇⑫。徒歌虽有属，清越岂同年⑬。

① 崔尚书，指崔日用，开元中，崔拜吏部尚书。“大明朝堂”，大明宫中的朝堂，为百官候朝之处。有两处。在栖凤阁下的是“西朝堂”，在翔鸾阁下的是“东朝堂”。“南山”，即终南山。

②“迢递”，高貌。“阊阖（chāng hé）”，指宫门。

③“朅（jié）来”，犹尔来。“翠微”，轻淡青葱的山色。

④这两句写从大明朝堂所望之景。“双凤”句，这里指大明宫中的栖凤阁和翔鸾阁。“褰（qiān）”，揭起。“阙”，宫门前的望楼。“群龙”句，喻君臣群贤望之俨然若灵仙。

⑤“玄圃”，神话中的地名，相传在昆仑山顶。此处指南山顶。

⑥“诡容”，指南山奇诡的山容。“霁（jì）色”，雨后出现的阳光。

⑦“华阴践”，华山承袭。意为华阴与南山相接。“嶓（bō）冢”，山名，在今陕西宁强县北。

⑧“商君”，指战国中期政治家商鞅，以封于商，号曰商君。

⑨“林华”，林树之色。“甸”，郊外。

⑩“既庶”，将近，差不多。“宣”，显示。

⑪这两句以山涛和吉甫美崔尚书。“山公”，晋代山涛，时人称为山公。“启事”，山涛官吏部尚书，每选拔人物，均新加评论，故云。“吉甫”，尹吉甫，周宣王时重臣。

⑫“济济”，美好貌。“金门”，即金马门的省称，后代沿用为官署的代称。“玉树篇”，指崔尚书的诗作《雨后大明朝堂望南山》。

⑬这两句的意思是说，自己的奉和之作不如崔尚书的原诗（亦是自谦之词）。“徒歌”，指自己奉和崔尚书之作。“同年”，相等。

宋之问

宋之问（约651—712），字延清，一名少连。虢州弘农（今河南省灵宝市）人。一说汾州（今山西汾阳）人。高宗上元二年（675）进士及第。武后时官尚方监丞。后因谄事武则天内宠张易之，被贬为泷州（州治在今广东罗定市南）参军。后逃归，匿于张仲之家，闻仲之欲谋杀武三思，乃告变，擢鸿胪主簿，迁考功员外郎。复媚太平公主，因主持贡举受贿，贬越州长史。睿宗立，以其无悛悟之心，流钦州，赐死。宋之问诗音韵谐婉，属对精密，文字靡丽，讲究声律，对律诗形成有一定影响，他的诗与沈佺期齐名，时号“沈宋”。《全唐诗》编其诗三卷。

蓝田山庄①

宦游非吏隐，心事好幽偏。考室先依地②，为农且用天。辋川朝伐木，蓝水暮浇田③。独与秦山老④，相欢春酒前。

①“蓝田”，指蓝田山，又名玉山，属秦岭的一部分，在蓝田县东南。

②“考室”，宫室落成时所行的祭礼。

③“辋川”，在蓝田山中，辋水之滨，山峦掩映，风景幽美。“蓝水”，也称蓝溪，源出商州西北秦岭，西北流入蓝田县界。

④“秦山老”，指蓝田山中之老者。

王　勃

王勃（约650—676），字子安，绛州龙门（今山西河津）人。六岁即善文辞，年未及冠，授散朝郎，后为沛王（李贤）王府修撰，是时诸王斗鸡，王勃戏作《檄英王鸡》（“英王”，当为

“周王”，即后来的中宗皇帝李显。李贤为沛王时，李显称周王，两《唐书》称“英王”，误。见《资治通鉴》二〇〇《考异》)，被高宗斥逐。既而因杀官奴犯死罪，虽遇赦免死，但其父受连累，贬交阯令。后来王勃渡海省亲溺水受惊而死。王勃与杨炯、卢照邻、骆宾王以诗文齐名，号为“初唐四杰”。王勃之诗文，虽未完全摆脱六朝绮靡之风，却已向清新、质朴方向发展。这也是他与卢照邻矫正当时“争构纤微，竞为雕刻”诗风之自觉。清代沈德潜称其诗为唐代“正声之始”，是很有见地的。原有集已散佚，明人辑《王子安集》。《全唐诗》编其诗三卷。

散关晨度①

关山凌旦开②，石路无尘埃。白马高谭去，青牛真气来③。
重门临巨壑，连栋起崇隈④。即今扬策度，非是弃繻回⑤。

①“散关”，即大散关。在今陕西宝鸡市西南的大散岭上，为秦蜀往来要道。

②“凌旦”，日出之时。

③ 这两句是说，高谈白马非马的兒说出关而去，骑着青牛的老子西行紫气东来。“白马”，即“白马非马”的故事。《韩非子·外储说左上》：“兒说，宋人，善辩者也，持‘白马非马也’服齐稷下之辩者。乘白马而过关，则雇白马之赋。”（按照“白马”缴纳了关税）“谭”，同“谈”。愚按：此说与李世民《入潼关》（见《天府关中》卷）注⑥并

不相同，两说并存，故各录之。

④“重门”，要塞重关，指散关。“隈”，山水弯曲处。

⑤“扬策”，扬鞭。“策”，马鞭。“弃繻”，言终军过关事。汉终军年十八被召为博士弟子，入关就学，关吏予其繻。终军谓：“大丈夫西游，终不复传还。”弃繻去。后来终军为谒者（官名），使行郡国，持节出关，关吏识之，曰：“此使者乃前弃繻生也。”繻，古时出入关津的凭证。书帛裂而分之，出关时取上合符，乃得复出。（见《汉书·终军传》）后用为少年立志的典故。

晚留凤州①

宝鸡辞旧役②，仙凤历遗墟③。去此近城阙，青山明月初。

①王勃十七岁时被沛王李贤征为王府侍读，两年后，因戏作《檄英王鸡》（“英王”，当为“周王”李显）文，被高宗怒逐出沛王（李贤）府，遂悻悻南下入蜀，时在总章二年（669），途经凤州，而作此诗，从诗中可看出其心情之不适。

②“宝鸡”句言自己因戏作《檄英王鸡》而被高宗怒逐出府事。

③“仙凤”句，《方舆胜览》谓：“有周（周朝）之兴，有凤鸣于岐（山），翱翔至南而集焉，是以西岐曰凤翔府，南岐曰凤州。”凤州城东有凤凰山，相传有凤栖其上。“遗墟”，遗留的地方。

杜审言

杜审言（约645—708），字必简，祖籍京兆杜陵（地在今陕西省西安市长安区），生于襄阳，从父亲迁居巩县（今河南巩义），咸亨元年（670）进士及第，任洛阳丞，坐事贬吉州司户参军。武后时，授著作佐郎，迁膳部员外郎。神龙初，因曾交通武后内宠张易之，流放峰州。入为国子监主簿、修文馆直学士。有《杜审言集》。与李峤、崔融、苏味道为“文章四友”。诗存四十馀首。多律体，七言虽未完全合律，五言却已完全成熟。故明代胡应麟云：“初唐无七律，五言皆未超然，二体之妙，杜审言实为首倡。”《全唐诗》编其诗一卷。

蓬莱三殿侍宴奉敕咏终南山应制①

北斗挂城边，南山倚殿前②。云标金阙迥③，树杪玉堂悬④。半岭通佳气，中峰绕瑞烟。小臣持献寿，长此戴尧天⑤。

①“蓬莱”，唐宫名，即大明宫。龙朔二年（662），高宗改为蓬莱宫。“三殿”，即麟德殿。大明宫内的麟德殿，因包括前殿、中殿和后殿三部分，故典籍中常称之为“三殿”。宫内大型宴会或接蕃使外臣，多在此殿安排。“敕”，“制”，皇帝的命令。

②“北斗”，星座名。长安城亦有是称。“南山”句，言终南山离蓬莱殿近。

③“金阙”，道家谓天上有黄金阙、白玉京，为仙人或天帝居处。

④这句是说向南山望去，近处的宫殿好像悬在树梢。“树杪”，树梢。

“玉堂”，官殿的美称。

⑤“尧天”，《论语·泰伯》：“唯天为大，唯尧则之。”谓尧能法天以推行教化。后因以“尧天”称帝王盛德和太平盛世。

苏　颋

苏颋（670—727），字廷硕，京兆武功（今陕西武功）人。武则天朝进士，历监察御史。神龙中迁给事中，修文馆学士，中书舍人。明皇爱其文，由工部侍郎进紫微侍郎，开元间居相位，袭父封号许国公。与宋璟共同理政，朝廷重要文件，多出其手，当时和张说（封燕国公）并称为“燕许大手笔”。有集三十卷，《全唐诗》编其诗两卷。

晓发兴州入陈平路①

旌节指巴岷②，年年行且巡。暮来青嶂宿，朝去绿江春。鱼贯梁缘马③，猿奔树息人④。邑祠犹是汉，溪道即名陈⑤。旧史饶迁谪，恒情厌苦辛⑥。宁知报恩者，天子一忠臣⑦。

① 兴州，辖地在今陕西略阳。“陈平路”，在今陕西略阳、宁强间，此地有汉丞相陈平祠，溪边道路名陈平路。陈平曾与太尉周勃合力，尽诛诸吕，迎立文帝，卒安汉朝。这是作者被罢为益州长史后谪途所作。

②“旌节”，古代使者所持之节，为信守的象征。“巴岷”，巴山和岷山，

地在益州，故代指益州。

③“鱼贯”句，指所乘之马在梁缘连续而进，如鱼群相接。

④“猿奔”，如猿攀爬奔走，喻行路难。“树息人”，依树栖身。

⑤这两句说邑祠是汉丞相陈平祠，故而溪边的道路即以陈平名字命名。

⑥“饶迁谪”，多有官员被贬谪之事。饶，多。“恒情”，谓人之常情。

⑦“宁知”，岂知。“报恩者”，作者自指。“忠臣”，指陈平，亦自喻。

张　说

张说（667—730），字道济，一字说之。洛阳（今属河南）人，武则天时应诏策对，得一等，授左补阙，擢凤阁舍人。中宗时任兵部侍郎等职。睿宗朝，进同中书门下平章事。劝睿宗以太子李隆基（即后来的玄宗）监国。开元初，进中书令，封燕国公。后为集贤院学士，尚书左丞相，有《张燕公集》。张说为文属思精壮，长于碑志，朝廷大述作，多出其手，诗法特妙，晚谪岳阳，而诗益凄婉，人谓得江山之助。《全唐诗》编其诗五卷。

过蜀道山[1]

我行春三月，山中百花开。披林入峭蒨[2]，攀登陟崔嵬[3]。
白云半峰起，清江出峡来。谁知高深意，缅邈心幽哉[4]。

①到武则天天册万岁元年（659），二十九岁的太子校书郎张说已前后两

度使蜀，这篇与后面的《蜀路二首》《再使蜀道》皆为使蜀时所作。
②“峭蒨”，鲜明貌。
③“陟”，登高。“崔嵬”，高耸貌。
④“缅邈”，遥远貌。

蜀路二首

云埃夜澄廓，山日晓晴鲜[①]。叶落苍江岸，鸿飞白露天。
磷磷含水石，幂幂覆林烟[②]。客心久无绪[③]，秋风殊未然[④]。

①“澄廓”，清明辽阔。“晴鲜”，晴新。
②“磷磷”，水石明净貌。“幂（mì）幂”，深浓貌。
③“客”，自指。“无绪”，无有心绪。“殊”，不同。
④“未然”，还没有这样。

徭蜀时未改[①]，别家乡念盈。忆昨出门日，春风发鲜荣。
及兹旋辕地[②]，秋风满路生。昏晓思魏阙，梦寐还秦京[③]。
秦京开朱第，魏阙垂紫缨[④]。幽独玄虚阁[⑤]，不闻人马声。
艺业为君重[⑥]，名位为君轻。玉琴知调苦[⑦]，宝镜对胆清。
鹰饥常啄腥，凤饥亦待琼[⑧]。于君自有属，物外岂能轻[⑨]。

①“徭蜀”，出使蜀地。“徭”，劳役。此处指出使。
②“旋辕地”，旋转车辕，意为到达目的地。
③“魏阙”，古代宫门外的阙门，为悬布法令的地方。后来也作为朝廷的

代称。“秦京”，指都城长安。

④“朱第”，古代王侯贵族的住宅大门，漆成朱红色以示尊贵，因称豪门为朱第。“第”，封建时代官僚的住宅。“缨”，结冠的带子。

⑤“玄虚阁”，凌空的阁道。“玄”通“悬”。

⑥“艺”，才能。“业”，本业。

⑦“调”，曲调。

⑧“琼”，精美的食物。《庄子·秋水》：凤“非梧桐不止，非练食不食，非醴泉不饮”。

⑨“物外”，超然于世事之外。“轻”，轻视。这句是说，尽管自己超然物外，但应该得到的名利还不能轻视。

再使蜀道

眇眇葭萌道[①]，苍苍褒斜谷[②]。烟壑争晦深[③]，云山共重复。古来风尘子，同眩望乡目[④]。芸阁有儒生，轺车倦驰逐[⑤]。青春客岷岭，白露摇江服[⑥]。岁月镇羁孤[⑦]，山川俄反覆[⑧]。鱼游恋深水，鸟迁恋乔木。如何别亲爱，坐去文章国[⑨]。蟋蟀鸣户庭，蟏蛸网琴筑[⑩]。

①“眇（miǎo）眇”，辽远。“葭萌”，唐县名，故城在今四川省广元市南，有葭萌关。

②“苍苍”，深青色。“褒斜谷”，古驿道名。在今陕西西南。为沿褒水（南流入汉江）、斜水（北流入渭河）所形成的河谷。南口称褒谷（在今勉县境内），北口称斜谷（在今陕西眉县境内），总长四百七十

里。通道山势险峻，历代凿山架木，于绝壁间修成栈道，旧时为通蜀要道。

③“晦”，昏暗，暗昧。

④“风尘子”，指通过蜀道之人。“眩”，迷惑，迷乱。

⑤这两句说，作者已倦于使蜀。“芸阁”，即芸台，古代藏书之所，即秘书省。“儒生”，作者自指。“轺（yáo）车”，一马所驾的轻便车。“倦驰逐”，对驰车出使感到疲倦。

⑥“青春”，春季。“客岷岭”，客行岷山。“白露”，节气名，时属秋季。“摇江服”，船渡蜀江。服，古代指都城千里外的地方。江服，此处指蜀。

⑦这句说，数次奔波在蜀道上，历时已经久长。“镇”，长，久。“羁孤”，羁旅感觉孤独。“羁”，寄居。“孤”，孤独。

⑧这句说蜀道上的山川，自己在不长时间里已反复经过。“俄”，不久。“反覆”，重复，再三。

⑨“坐”，因，由于。“文章国”，指蜀地。言其文风特盛，故谓。

⑩“蟋蟀鸣户庭”，是说已经天寒岁暮了，有岁月易逝之叹。《诗经·唐风·蟋蟀》：“蟋蟀在堂，岁聿其莫（暮）。”“蟏蛸（xiāo shāo）”，虫名，即长脚蛛。“筑”，古代的弦乐器。“网琴筑”，是说好久未回家（弹琴）致使蜘蛛于琴筑上结网了。

沈佺期

沈佺期（约656—715），字云卿，相州内黄（今属河南）人。高宗上元二年（675）进士及第，武后时任考功郎、给事中。

以谄附武后内宠张易之而被流放驩州。中宗神龙时（705—707），召拜起居郎兼修文馆直学士，官至中书舍人、太子少詹事，开元初卒。沈诗与宋之问齐名，时称“沈宋”，多应制之作。其诗长于七言，辞采靡丽而律体精密，对律体诗之定型颇有贡献。《全唐诗》编其诗三卷。

夜宿七盘岭①

独游千里外，高卧七盘西②。晓月临窗近，天河入户低③。

芳春平仲绿，清夜子规啼④。浮客空留听，褒城闻曙鸡⑤。

① 这首诗是沈佺期流放驩州（今属越南）途中所作。“七盘岭”，在同谷县（即今甘肃成县）南与巴州东北（今四川广元东北）与三泉县（今陕西宁强）交界处，又名五盘岭、七盘山，有石磴七盘而上。诗人被远放他乡，心中哀苦，夜宿七盘岭，其怅惘不寐之情绪全然注于诗中。“游”，诗人对流放的婉转说法。

② 这两句言其独游而夜宿七盘岭。“高卧”，言住宿山上，寂寞无聊也。

③ 这两句言夜宿之情景。山月临窗而近，天河入户显低，宿处之高也。晓月临窗而知，星河旋转而知，彻夜难寐也。“晓月”，下弦之残月。“晓”，一作“山”。

④ 这两句言夜宿的节物观感。“芳春”，指春三月。其时万紫千红，一派芳华，故曰芳春。“平仲”，银杏树的别称。晋左思《吴都赋》：“平仲桾。”注曰：“平仲之木，实如白银。”“清夜”，寂静之夜（指深夜）。“子规”，即杜鹃鸟。相传为古代蜀王望帝杜宇之魂所化，其鸣

声如唤“不如归去”，多作离愁之寄托。

⑤ 末两句言彻夜难眠，更见愁思。“浮客”，没有当地户籍的外地人。此处乃作者自指。“褒城”，县名，属汉中郡（地在今陕西勉县东北）。“曙鸡”，黎明鸡叫。

辛丑岁十月上幸长安时扈从出西岳作①

西镇何穹崇，壮哉信灵造②。诸岭皆峻秀，中峰特美好。傍见巨掌存，势如石东倒③。颇闻首阳去，开拆此河道④。磅礴压洪源，巍峨壮清昊⑤。云泉纷乱瀑，天磴屹横抱⑥。子先呼其巅，宫女世不老⑦。下有府君庙，历载传洒扫。皇明应天游，十月戒丰镐⑧。微末忝闲从，兼得事蘋藻⑨。宿心爱兹山，意欲拾灵草⑩。阴壑已永閟，云窦绝探讨⑪。芳月期来过，回策思方浩⑫。

① 本篇作于武则天顺圣皇后大足元年（701 年，辛丑岁）。“上”指武则天。《新唐书》卷四记载，武则天于大足元年“十月壬寅，如京师，辛酉，大赦，改元（长安）”。“幸”，古代称皇帝亲临为幸。武则天常驻东都洛阳，故有“幸长安”之说。“扈从”，随从，侍从。“西岳”，指华山。

②“西镇”，一方的主山称“镇”，这里指西岳华山。“穹崇”，高貌。“信灵造”，相信将华山劈成华山和首阳山的事系巨灵所为。巨灵，古代神话中劈开华山的河神。

③ 这四句说华山之中峰特别美好。“中峰”，即玉女峰。“傍见”两句，言

东峰的华岳仙掌直撑晴空，其势如削，微向东倾。“巨掌”，即仙人掌，华山东峰别名。其峰侧石上有痕，自下望之，很像手掌，五指俱全。

④这两句是说，巨灵将华山、首阳一分为二，以通河道，南曰华山，北曰首阳。“坼（chè）”，裂开。

⑤“洪源”，黄河。“清昊”，澄澈的昊天。昊天，又指一定方位的天。《吕氏春秋·有始览》：“西方曰颢天。”“颢”与“昊”通。华山属西岳，故曰“壮清昊”。

⑥华山登山石径极险，故凿石为磴（阶）而通峰顶。“屹”，高耸貌。“抱”，两臂合围之距称抱。“屹横抱”，是说登山的磴道宽约两抱，直通险峻之山顶。

⑦“子先”，见李隆基《途经华岳》注⑧。“宫女”，指传说中的仙女毛女。据汉刘向《列仙传》记载，毛女字玉姜，在华阴山中，形体生毛，自言秦始皇宫人，流亡入山，食松叶，故不饥寒。

⑧这两句说，皇后是应天意而游华山，十月而到长安。“戒”，到。“丰镐”，西周旧都，丰京为周文王所建，在今西安丰（沣）水之西，镐京为周武王所建，在丰水东，此处指长安。

⑨“微末”，自谦之词。“忝”，谦辞，表示辱没他人，自己有愧。“事蘋藻”，做祭祀之事。蘋、藻皆水草，古人取供祭祀之用。

⑩“宿心”，长久以来的心愿。“灵草”，仙草。汉代班固《西都赋》：“于是灵草冬荣，神木丛生。”注：“神木灵草谓不死之药也。”这两句是说，因要扈从到长安，故不能去阴壑和高峰的云窦之间去拾灵草。

⑪“閟（bì）”，闭。“云窦”，云团的洞隙。“窦”，孔，洞。“绝探讨”，断绝了对灵草的探寻和采摘。这两句是说，春月期待再来，到那时想法方能更多。

⑫“回策”，乘马返回（华山）。策，马鞭。“浩”，多。

王　湾

王湾，洛阳（今属河南）人。玄宗先天年间登进士第，开元初官荥阳（今属河南）主簿，曾两度参加政府校理群籍工作，词翰早著，为天下所称，往来吴楚间，多有著述。其《次北固山下》有句云："海日生残夜，江春入旧年。"得张说激赏，将之写于政事堂，每示能文，令为楷式。《全唐诗》编其诗十首。

奉使登终南山①

常爱南山游，因而尽原隰②。数朝至林岭，百仞登嵬岌③。石壮马径穷④，苔色步缘入。物奇春状改，气远天香集⑤。虚洞策杖鸣，低云拂衣湿。倚岩见庐舍，入户欣拜揖。问性矜勤劳，示心教澄习⑥。玉英时共饭⑦，芝草为余拾。境绝人不行，潭深鸟空立。一乘从此授，九转兼是给⑧。辞处若轻飞，憩来唯吐吸。闲襟超已胜⑨，回路倏而及。烟色松上深，水流山下急。渐平逢车骑，向晚睨城邑。峰在野趣繁，尘飘宦情涩⑩。辛苦久为吏，劳生何妄执。日暮怀此山，悠然赋斯什⑪。

①"奉使"，奉命出使。

②"南山"，即终南山。"原隰（xí）"，广平低湿之地。

③"朝（zhāo）"，早晨。"嵬岌"，山高貌。

④“壮”，大。“穷”，尽。

⑤“天香”，指春日自然界草木发出的香气。

⑥“澄习”，清静地休养。

⑦“玉英”，玉之精华。屈原《九章·涉江》：“登昆仑兮食玉英，与天地兮同寿，与日月兮同光。”

⑧“一乘”，佛教用语，即一乘显性教。华严宗认为这是成佛的唯一教法。“九转”，道家谓烧炼金丹，以九转为贵。“转”，循环变化之意，如把丹砂烧成水银，将水银又炼成丹砂。转数愈多，效能愈高。“给”，供应。

⑨“襟”，胸怀。

⑩“宦情涩”，仕途不畅。宦情，官运。涩，不顺畅。

⑪“妄执”，非分地坚持。“赋斯什”，写了这首诗。

王　维

王维（699—761），字摩诘，河东蒲州（今山西永济）人，开元年间擢进士第，官至给事中。安禄山陷长安，迫其任伪职，乱平后受到降职处分，后迁至尚书右丞，故世称王右丞。晚年退居蓝田辋川别墅，过着亦官亦隐的生活。王维诗画皆佳，名盛于开元天宝间。以其画而言，云势石色，山水平远，皆天机所道，非学而能。以其诗而论，边塞诗慷慨激昂，雄俊奋发，山水田园诗更开宗派，辞秀调雅，意新理惬，而风格多样，造诣极高。《全唐诗》编其诗四卷。

华岳①

西岳出浮云，积雪在太清②。连天凝黛色，百里遥青冥③。
白日为之寒，森沉华阴城④。昔闻乾坤闭，造化生巨灵⑤。
右足踏方止，左手推削成。天地忽开拆，大河注东溟⑥。
遂为西峙岳，雄雄镇秦京⑦。大君包覆载，至德被群生。
上帝伫昭告，金天思奉迎⑧。人祇望幸久，何独禅云亭⑨。

①“华岳”，华山。因其为五岳之一的西岳，故称。其馀四岳分别为东岳泰山、岳南衡山、北岳恒山、中岳嵩山。

②这两句极言华岳之高。“西岳”，指华山。“出浮云”，高出浮云之上。“太清”，天空。古人认为天系清而轻的气所构成，故称太清。此处形容山峰高峻。“雪”，一作“翠”。

③这两句言华岳之色。“黛色”，青黑色。“青冥”，指青天。“连天”“百里”，足见华岳之高之大。“凝”，一作“疑”。

④这两句言华岳之势。“为之”，犹言因之。“白日为之寒”，是说白日因华岳积雪所逼而显得日色寒薄。“森”，阴沉幽暗貌。“沉”，沉降。“华阴城”，在华山之北的山脚下，故能“森沉”于此。“之”，一作“大”。

⑤这两句言河神应运而生。“乾坤闭”，天地浑然一体，尚未分开，这里特指华岳挡河。“造化”，指自然界的创造化育。“巨灵”，黄河之神。“造化”，一作“开变”。

⑥这四句写巨灵擘山导河之壮举。“方止”，不动。“削成”，谓华山陡峭，如刀削成。《山海经》：“太华之山，削成而四方，其高五千仞，

其广十里。”“坼（chè）”，裂开。“大河”，黄河。“东溟”，东海。“止”，一作“山”。

⑦ 这两句言河神之功。“西峙岳”，耸立于西方的大山（即西岳华山）。峙，耸立。“镇秦京”，安秦京。秦京，秦国都城，这是代指唐都长安。“峙岳”，一作“岳峙”。

⑧ 这四句言唐玄宗德被群生，封华山神。“大君”，天子。“包覆载”，统揽着天地。覆载，天覆而地载，故指天地。“至德”，最高尚的德行。“被”，覆盖。“群生”，天下众生。“上帝”句，是说天神等待着昭告。“金天”，唐玄宗于先天二年（713）封华山之神为金天王。

⑨ 这两句言人和神都盼望皇帝驾临华岳祭祀。“祇（qí）”，地神。“幸”，皇帝所到之地。“何独”，岂独。“禅云亭”，到泰山下的云云山和亭亭山去封禅。祭天为封，祭地为禅。《五经通义》谓，盛世中兴之主，祭天在泰山，祭地则在泰山下的梁甫山或云云、亭亭等山上举行。封禅为历代国家的大典，有德政的皇帝方有封禅资格。王维在这首诗中，盼望玄宗封禅西岳，以成大典。“人”，一作“神”。

青溪

言入黄花川，每逐青溪水①。随山将万转，趣途无百里②。声喧乱石中，色静深松里。漾漾泛菱荇③，澄澄映葭苇④。我心素已闲，清川澹如此⑤。请留盘石上，垂钓将已矣⑥。

①“言”，发语词，无义。“黄花川”，在凤州黄花县（唐文宗时改为梁泉县）黄牛岭山中，即今陕西凤县东北。“逐”，追逐。“青溪”，流

经黄花川，南下至梁州西县（治所在今陕西勉县西）之东入汉水。

②“趣”，通“趋”。

③“漾漾”，水荡动貌。“菱荇”，皆指水草。

④“澄澄”，水静而清。“映葭苇”，溪水中倒映着芦苇的影子。

⑤“清川”，指黄花川。“澹”，恬静。

⑥“将已矣”，指以此终其身。有感叹意。

自大散以往，深林密竹，
磴道盘曲四五十里，至黄牛岭见黄花川[①]

危径几万转，数里将三休[②]。回环见徒侣，隐映隔林丘[③]。飒飒松上雨[④]，潺潺石中流。静言深溪里，长啸高山头。望见南山阳，白露霭悠悠。青皋丽已净[⑤]，绿树郁如浮。曾是厌蒙密[⑥]，旷然销人忧。

①“大散”，大散岭，在今陕西省宝鸡市南秦岭山中。“黄牛岭”，在凤州（今陕西凤县）东北。“黄花川”，见《青溪》注①。

②“危径”，危险之路径。“三休”，休息多次。三，是说多次。

③“回环”，言峰回路转。“徒侣”，同行的旅人。徒，同类之人。侣，同伴。“隐映”，隐隐遮蔽。映，犹遮蔽。

④“飒飒”，风声。

⑤“皋”，水边的高地。

⑥“蒙密”，浓密阴暗的丛林。

终南别业[①]

中岁颇好道，晚家南山陲[②]。兴来每独往，胜事空自知[③]。
行到水穷处[④]，坐看云起时。偶然值林叟，谈笑无还期[⑤]。

①“终南别业”，指作者终南山中的别墅，即其辋川别墅。题一作《初至山中》，一作《入山寄城中故人》。

②这两句是说，自己中年已存好道之心，但直到四十岁后，才移住南山，实现此愿。“南山”，即终南山。“晚”，晚年。“陲”，边。

③“胜事”，快意的事。“空”，徒，仅。

④“穷”，尽。

⑤“值林叟”，遇见乡村的老人。“值”，相遇。“无还期”，意即心中悠闲，行迹毫无拘束。

辋川闲居赠裴秀才迪[①]

寒山转苍翠，秋水日潺湲[②]。倚杖柴门外，临风听暮蝉。
渡头馀落日，墟里上孤烟[③]。复值接舆醉[④]，狂歌五柳前[⑤]。

①“辋川”，见宋之问《蓝田山庄》注③。川口即峣山口，王维晚年在此得宋之问别墅，改筑别业，水环舍下，风景奇胜。遂居住于此，与秀才裴迪时有酬唱。

②“潺湲”，水徐流貌。

③“墟里”，村落。“孤烟”，炊烟。做饭时烟囱冒出的烟。

④“接舆”，春秋末楚国隐士陆通（字接舆），狂以遁世。此处代指裴迪。

⑤“五柳”，本指陶潜。陶潜有《五柳先生传》，以五柳自况。云：“先生不知何许人也，亦不详其姓字，宅边有五柳树，因以为号焉。”此处系作者自指。

山居秋暝①

空山新雨后，天气晚来秋。明月松间照，清泉石上流。
竹喧归浣女，莲动下渔舟②。随意春芳歇，王孙自可留③。

①“山居”，指其在蓝田辋川之别墅。“秋暝”，秋日傍晚。

②这两句说，竹间声喧，浣女洗衣归来也；水上莲动，渔舟沿流而下也。

③这两句说，山中春日之众芳即使消歇，这里还有秋色在留人。逆用淮南小山《招隐士》句：“王孙兮归来，山中兮不可久留。”暗寓自己归隐山林之意。王孙，也可理解为王姓之孙，即作者自指。

早秋山中作①

无才不敢累明时②，思向东溪守故篱。岂厌尚平婚嫁早，
却嫌陶令去官迟③。草间蛩响临秋急，山里蝉声薄暮悲④。
寂寞柴门人不到，空林独与白云期⑤。

①“山”，指蓝田辋川。诗中所言，正是作者心中之不平，当作于天宝

年间。

②“累”，拖累、连累。“明时”，指政治清明时代。

③这两句以古人自比，言归隐不厌早而去官则嫌迟也。“尚平”，即尚长（字子平），嵇康《高士传》载，子平系东汉朝歌人，为子女嫁娶毕，即不复理家事。后作为不以家事为累的典故。“陶令”，即陶潜（字渊明），当县令八十馀日即挂印归去，后作不为五斗米折腰的典型。句中可见作者归隐之迫切。

④这两句借蟋蟀和蝉临秋悲鸣，渲染出悲秋气氛。“蛩（qióng）”，即蟋蟀。蟋蟀临秋鸣急，蝉声薄暮而悲，足见“悲哉秋之为气也”。

⑤这两句写隐居生活。“期”，会合。

辋川别业①

不到东山向一年②，归来才及种春田。雨中草色绿堪染，水上桃花红欲然③。优娄比丘经论学④，伛偻丈人乡里贤⑤。披衣倒屣且相见，相欢语笑衡门前⑥。

①“别业”，即别墅。

②“东山”，指别业所在地之山。

③这两句说，草色本绿，经雨而绿色堪染；桃花本红，借水而火红欲燃。此正是诗中有画。“然”，同“燃”。

④“优娄比丘”，指僧人。优娄，人名，优娄频螺伽叶之略称，原为外道论师，后皈依佛门。（见《四分律》卷三二）比丘，指出家后受过具足戒之男僧。“经论”，佛典分三部分，曰经曰律曰论，是为三藏。此

句是说优娄比丘是佛家，而诗人自己也笃信佛教，有自指意。

⑤“伛偻丈人”，即《庄子》中所谓的驼背丈人：孔子适楚，见痀偻（同“伛偻”，驼背）者以长竿粘蝉，如以手拾物，听了丈人何以至此的道理后，顾谓弟子曰：“用志不分，乃凝于神，其痀偻丈人之谓乎?”“乡里贤”，乡里的贤者。诗人自中年以后已是半官半隐，此句申隐居意。

⑥这两句写无拘无束的田园生活。“倒屣（xǐ）”，古人家居，脱鞋席地而坐，客人来，急于出迎，误将鞋子倒穿。屣，鞋子。“衡门”，横木为门，喻简陋之房屋，后借指隐者之所居。

终南山

太乙近天都，连山接海隅[①]。白云回望合，青霭入看无[②]。分野中峰变，阴晴众壑殊[③]。欲投人处宿，隔水问樵夫[④]。

①“太乙”，终南山之别名。“天都”，指唐京长安。以近天都极言其高，亦通。“海隅”，海边。其实终南山并不到海，说直接海隅，极言其大。“山”，一作“天”。“接”，一作“到”。

②这两句说因山高，故见白云缭绕，因霭青，故而远有近无。“霭”，雾气。“入”，有入眼之意。

③这两句言山之雄大。中峰所隔，分野就变。众壑之间，阴晴不同。“分野”，古人以二十八宿星座的区分标志地上的界域，叫分野。

④“人处”，有人居住之处。“水”，一作“浦”。

送李太守赴上洛[①]

商山包楚邓，积翠蔼沉沉[②]。驿路飞泉洒，关门落照深[③]。
野花开古戍，行客响空林[④]。板屋春多雨，山城昼欲阴。
丹泉通虢略[⑤]，白羽抵荆岑[⑥]。若见西山爽，应知黄绮心[⑦]。

①“李太守”，指赴商州刺史任的李灵。“上洛”，地名，也作上雒，地在今陕西省商洛市商州区。

②“楚邓”，楚地之邓州。地今属河南。“积翠”，浓翠的山色。

③“落照”，落日之光。

④“响”，声响。

⑤“丹泉”，即丹江。源出上洛西北，东南流经今河南湖北入汉水。“虢（guó）”，虢州（治在卢氏，今属河南）。“略”，疆界，疆域。虢略，虢州地界。

⑥“白羽”，春秋地名，即折县。今河南内乡县有折城故城。楚迁许于白羽即其地，见《左传·昭公十八年》。“荆岑”，即楚地。“荆”，古代楚国的别称，因其原来建都于荆山（今湖北南漳西）一带，故名。“岑”，小而高的山。

⑦“西山爽”，典出南朝宋·刘义庆《世说新语·简傲》：“王子猷作桓车骑（桓温）参军，桓谓王曰：‘卿在府久，比当相料理。’初不答，直高视，以手版拄颊云：‘西山朝来，致有爽气。’”形容在官有闲情雅兴，亦为悠然自得的样子。“黄绮”，汉初隐居商山的“四皓”中夏黄公和绮里季的合称，这里指隐居。

积雨辋川庄作[①]

积雨空林烟火迟[②]，蒸藜炊黍饷东菑[③]。漠漠水田飞白鹭，阴阴夏木啭黄鹂[④]。山中习静观朝槿，松下清斋折露葵[⑤]。野老与人争席罢，海鸥何事更相疑[⑥]。

①“积雨”，久雨。

② 这句写久雨后林野湿润，气压低，故烟火缓升。“迟”，缓。

③ 这句写为东边田地里劳作的人送饭。“藜”，一年生草本植物，嫩叶可食。“黍”，这里指饭食。“饷”，致送。“菑（zī）”，本指初耕的土地，这里泛指田亩。

④“漠漠”，水田广貌。“阴阴”，幽暗。

⑤ 这两句是说山居养性。观悟朝槿，以习静也；折取露葵，以素食也。“朝槿”，即木槿。木槿夏秋间开花，朝开而暮落，故名。“露葵”，绿葵，一种素菜。王维晚年唯好静，奉佛而斋食。此诗是其晚年生居之写照。

⑥ 末两句言自己已不拘形迹，为何还要受到猜疑。“野老”，作者自指。“争席罢”，言自己已与世无争。“争席”，犹争位。比喻彼此融合，不拘礼节。“海鸥”句是说，海鸥为什么还要猜疑呢。《列子·黄帝篇》记载，有人在海边，日与鸥鸟相亲，其父嘱咐捉一只，当其再去海边时，鸥鸟已怀疑他，故而飞舞不接近他了。此处乃以海鸥喻人事。

辋川集（选二首）

鹿柴[1]

空山不见人，但闻人语响。返景入深林[2]，复照青苔上。

① 本篇系田园组诗《辋川集》二十首中第五首。“柴（zhài）”，题下原注：“本作砦，篱落也。”也就是栅篱。“鹿柴”，系辋川地名。

②“返景”，夕阳返照的光。“景”，通“影”。

竹里馆[1]

独坐幽篁里[2]，弹琴复长啸[3]。深林人不知，明月来相照。

① 本篇系《辋川集》中第十七首。“竹里馆”是辋川的一座建筑。

②“幽篁”，深邃阴暗的竹林。即下文之“深林”。

③“啸”，撮口发出的长声，即所谓“肉笛”。

阙题二首（选一首）[1]

荆溪白石出[2]，天寒红叶稀。山路元无雨[3]，空翠湿人衣[4]。

① 本篇为《阙题二首》的第一首。

②“荆溪”，本名长水，源出蓝田县西北，于长安东北方入灞水。后秦时因避姚苌讳，改名荆溪，又自后魏以来讹以为浐水。

③“元”，原。

④“空翠”，浓翠的山色。“湿衣”，言翠色浓酽，欲流欲滴，人行其中，自然有湿衣之感。王维此句“空翠湿人衣”，与同时代张旭《山中留客》句“纵使晴明无雨色，入云深处亦沾衣”及宋代诗僧志南《绝句》中“沾衣欲湿杏花雨”，都达到了同样的美学效果。

送别[1]

山中相送罢，日暮掩柴扉[2]。春草明年绿，王孙归不归[3]。

① 题一作《山中送别》，一作《送友》。

②“柴扉”，柴门。

③“春草”两句，写诗人猜测“王孙”能不能回来。“明年”，一作“年年”。“王孙”，《楚辞·招隐士》：“王孙游兮不归，春草生兮萋萋。”此处指被送的征人。语言浅显，而别情依依。

王　缙

王缙（700—782），字夏卿，河东蒲州（今山西永济）人，与兄王维俱以文翰著称。初任武部员外郎，安史之乱后选为太原少尹，与李光弼同守太原。有谋略，代宗广德二年（764），拜黄门侍郎同平章事，随之持节行营，历诸镇。大历中召还，拜门下侍郎，复知政事。以附元载，连贬刺史，后为太子宾客。《全唐诗》编其诗八首。

游悟真寺①

闻道黄金地②，仍开白玉田③。掷山移巨石，咒岭出飞泉④。
猛虎同三径，愁猿学四禅⑤。买香然绿桂⑥，乞火踏红莲⑦。
草色摇霞上，松声泛月边。山河穷百二，世界接三千⑧。
梵宇聊凭视，王城遂渺然⑨。灞陵才出树⑩，渭水欲连天。
远县分诸郭，孤村起白烟。望云思圣主，披雾隐群贤。
薄宦惭尸素，终身拟尚玄⑪。谁知草庵客，曾和柏梁篇⑫。

①“悟真寺”，唐代名刹，寺在今陕西蓝田王顺山。此诗一作王维诗。

②“黄金地”，指佛寺，因佛像每每贴金，故名。

③“开”，采。“白玉田”，悟真寺所在之蓝田王顺山，多出美玉，故曰“开白玉田”，指创建佛寺。

④ 这句祷告岭出飞泉。《高僧传》卷二《昙无谶传》：“谶明解咒术，所向皆验……后随王入山，王渴，须水，不能得，谶乃秘咒，石出水。”

⑤“三径”，汉蒋诩在王莽时免官回家，在院子竹丛中开三径。此处指山间小路。“四禅”，即四禅天，佛教将色界诸天又分四禅：初禅为大梵天之类，二禅为光音天之类，三禅为遍净天之类，四禅为色究竟天之

类。色究竟天为色界之极处。(见《法苑珠林》)

⑥“然绿桂”，燃绿桂以照明。然，同“燃”。绿桂，香木名。王嘉《拾遗记》卷四:“（西王母）与（燕）昭王游于隧林之下……取绿桂之膏，燃以照夜。”

⑦ 此句用一佛教典故。《大方便佛报恩经》卷三谓，鹿女渐渐长大，其父爱念，常使宿火，忽一日火灭，鹿女遂遵父命诣北窟仙人处乞火，举足，步步皆生莲花。

⑧“百二”，指山河险固之地。“三千”，即佛教所谓的“三千大千世界”。

⑨“梵宇”，佛寺。“王城”，都城长安。

⑩“灞陵”，本作霸陵，汉文帝陵寝，在长安东。因霸水而名，后霸水作“灞水”，故霸陵亦写作灞陵。“郭”，外城。“望云”，指仰慕君王。《史记·五帝本纪》:“尧帝者……就之如日，望之如云。”

⑪“尸素”，尸位素餐的缩语，谓居官位食俸禄而无所作为。此乃诗人自谦之词。“尚玄”，用汉扬雄事。扬雄撰哲学著作《太玄经》(亦简称《太玄》《玄经》)，将源于老子之道的“玄”作为最高范畴，并在构筑宇宙生成图式、探索事物发展规律时，以“玄”为中心思想，故曰尚玄。王缙素奉佛，借尚玄“信己笃佛也”。

⑫“草庵客”，《神仙传·焦先传》:“及魏受禅，（先）居河之湄，结草为庵，独止其中。”此处代指诗人自己山中的居处。“柏梁篇”，相传汉武帝于元封三年（前108）在柏梁台上与群臣赋七言诗。人各一句，每句用韵。后世模仿其体，号柏梁体。唐中宗于景龙四年（710）曾在大明殿同群臣仿柏梁体联句。此句隐现出作者于文已著称、于宦有高位的成就感。

裴　迪

关中人，初与王维、崔兴宗居蓝田辋川，同唱和。天宝后，为蜀州刺史，与杜甫、李颀友善。尝为尚书省郎。作品多写幽寂之景色，思想倾向与王维山水诗相近。《全唐诗》编其诗二十九首。

辋川集（选一首）

柳浪[①]

映池同一色，逐吹散如丝。结阴既得地，何谢陶家时[②]。

①本篇是《辋川集》二十首中之第十二首。“柳浪”，辋川的一处胜景。

②此句是说，这里的柳怎能不如陶渊明家的五柳。“谢”，不如。“陶家”，陶渊明的家。陶渊明《五柳先生传》有云，“宅边有五柳树，因以为号焉”，故后世亦称其为五柳先生。

崔九欲往南山马上口号与别[①]

归山深浅去，须尽丘壑美。莫学武陵人，暂游桃源里[②]。

①“崔九”，王维有《送崔九兴宗游蜀》与《秋夜坐怀内弟崔兴宗》，崔兴宗有《留别王维》诗。《唐诗纪事》又云，裴迪与王维、崔兴宗俱

居终南。则崔九当为崔兴宗。

② 这两句说不要学武陵人那样，入桃花源“停数日辄去”。陶潜《桃花源记》，武陵渔人进桃花源后，只几日便走了，后来郡守遣人随其同往，“遂迷，不复得路”。

祖　咏

祖咏（699？—746？），洛阳（今属河南）人，后迁居汝水以北。开元十二年（724）擢进士第，与王维友善，作品以写自然景物居多。《全唐诗》编其诗一卷。

观华岳①

西入秦关口②，南瞻驿路连。彩云生阙下，松树到祠边③。
作镇当官道，雄都俯大川④。莲峰径上处，仿佛有神仙⑤。

① 开元十一年（723）底，祖咏第二次进京应试，此诗系其由汝州去长安途中所作。自见豪放自信之情，此次果登进士第。“华岳”，即华山，五岳之西岳。

② “秦关”，指函谷关，因系战国时秦国所置，故曰秦关。其址在今河南省灵宝市东北，是秦的东关。

③ “阙下”，宫阙之下。华山西峰有宫。“祠”，指巨灵祠，汉武帝登华山

仙人掌峰，筑巨灵河神祠。此句言华山之高峻神秀。

④“镇”，一方的主山。“官道”，即“两京官道”，指从西京长安通往东京洛阳的大道。“雄都”，即华山雄壮国都长安。“大川”，指八百里秦川。

⑤“莲峰”，华山之西峰名莲花峰。“径上”，直上。峰上有宫，《太平广记》卷五十九记载，为仙女明星和玉女所居。仙女“居华山，服玉浆，白日升天”。故云“仿佛有神仙”。

终南望馀雪①

终南阴岭秀②，积雪浮云端③。林表明霁色④，城中增暮寒⑤。

① 据《唐诗纪事》说，这首诗是祖咏的应试之作。依唐例，应试诗规定五言六韵，共十二句。然而祖咏应试，作此四句而交卷，问他为何未写完六韵，他回答说“意尽”。这首诗题下亦有类似之注：“有司试此题，（祖）咏赋四句即纳。或诘之，曰意尽。”

②“终南”，终南山。“阴岭”，背阳之岭。因终南山在长安之南，故从长安望之，只是阴岭（即山的北面）。

③ 这句是说秦岭高出云表，因而远望山上的积雪，好像浮于云层之上。

④“林表”，林上。“霁色”，这里指雪停后出现的阳光。

⑤ 这句是说，因雪消融，长安城中日暮时愈加寒冷。“增暮寒”，日暮时分的天气更加寒冷。消雪，气增寒；日暮，天增寒；望终南馀雪寒光，心增寒。故曰“城中增暮寒”。

储光羲

储光羲（706—763），籍贯兖州（今属山东），一说润州（今江苏镇江）。开元十四年（726）擢进士第，诏中书试文章，官监察御史。安禄山陷长安，他受伪职，乱平后被贬岭南。有《储光羲集》。其诗源出陶渊明，质朴之中有古雅之味。《全唐诗》编其诗四卷。

登秦岭作，时陷贼归国①

朝出猛兽林，躨跜登高峰②。童仆履云雾，随我行太空。
羲和舒灵晖，倏忽西极通③。回首望泾渭④，隐隐如长虹。
九逵合苍芜，五陵遥曈蒙⑤。鹿游大明殿，雾湿华清宫⑥。
网罗蠛蠓时，顾齿熊罴锋⑦。失途走江汉⑧，不能有其功。
气逐招摇星，魂随阊阖风⑨。惟言宇宙清，复使车书同⑩。
林木被繁霜，合沓连山红⑪。鹏鹗励羽翼，俯视荆棘丛。
誓将食鸲鹆，然后归崆峒⑫。

① 身为监察御史的储光羲，在安史叛军攻占长安后，不幸被俘，迫受伪职。后从洛阳叛军中逃脱，西归长安后，登秦岭而作此诗。“国”，指国都长安。

② 这两句说，诗人离贼巢而登上秦岭。“猛兽林”，喻安史叛军。“躨跜(kuí ní)”，动貌。王延寿《鲁灵光殿赋》：“虬龙腾骧以蜿蟺，颔若动

而躨跜。”

③ 这四句是说诗人想象中坐上羲和所驭的太阳车行于太空。“羲和”，神话中太阳的御者。屈原《离骚》：“吾令羲和弭节兮，望崦嵫而勿迫。”“灵晖”，谓日光。“西极通”，通到西极。

④ 以下六句是写自太空所望之京城。“泾渭”，皆属长安八水，流经长安附近。

⑤“九逵”，都城的大路。“苍茫”，苍凉荒芜。“五陵”，汉朝皇帝每立陵墓，都把四方富家豪族和外戚迁至陵墓附近居住。最著名的为五陵，即长陵、安陵、阳陵、茂陵、平陵。“瞳”，懵懵懂懂瞪着眼睛看。“蒙”，目不明。

⑥ 这两句说，安史叛军蹂躏了长安。“鹿游”，指经战乱后宫殿荒芜。“大明殿”，大明宫。“雾”，毒雾。“华清宫”，在骊山。史载，华清宫多驯鹿，鹿游，言人去也。此处以该宫指代大明殿。

⑦ 以下六句，是说自己陷贼之遭遇。“网罗”两句，是说长安失陷后，自己被拘而命运危险。“网罗”，指被叛军所拘。“蠛蠓”，虫名，一名蠓。《尔雅》注：虫小于蚊，喜乱飞。诗人以此喻自己渺小。“顾齿”句，言自己已入熊罴之口。“顾”，岂。“齿”，触。“熊罴”，熊和罴，皆为猛兽。此处指安史叛军。“锋”，锋利的牙齿。

⑧“失途”，迷失道路。“走江汉”，指由洛阳南行汉水流域至长安。

⑨ 这两句是说自己精神和灵魂紧随着唐王朝。“招摇”，星名，在北斗杓端。此处暗指唐王朝。“阊阖”，风名，西风。此处暗指在西方的玄宗和肃宗（时玄宗避蜀，肃宗在灵武）。

⑩ 这两句是说，愿平定祸乱，天下一统。“宇宙清”，指宇宙澄清，此处指平定安史乱祸。“车书同”，《礼记·中庸》：“今天下车同轨，书同文。”后取“车书”二字，泛指国家体制制度。

⑪ 这两句写俯视山林之景。“被”，覆盖。“合沓”，重叠。“连山红”，山中深秋之景象：万木经霜而红。

⑫ 这四句是以鹏鹗自喻，消灭叛军，再服务唐王朝。“鹏”，传说中最大的鸟。“鹗”，即大鹗鸟，系猛禽。鹏鹗泛指能搏击长空的猛禽。此处诗人以鹏鹗自喻。“鸧”，小鸟。“鹒”，鸱鹒，小鸟。鸧鹒喻奸邪小人。“崆峒（kōng tóng）”，古人认为北极星居天之中，斗极之下为空桐（即崆峒）。洛阳居地之中，因以崆峒指洛阳。这里借指都城长安。

终南幽居献苏侍郎三首时拜太祝未上（选一首）[①]

卜筑青岩里[②]，云萝四垂阴。虚室若无人[③]，乔木自成林。时有清风至，侧闻樵采音。凤凰鸣南冈，望望隔层岑。既言山路远，复道溪流深。偓佺空中游[④]，虬龙水间吟[⑤]。何当见轻翼，为我达远心[⑥]。

① 本篇为该诗的第三首。“苏侍郎”，名不详。“拜太祝未上”，未能为太祝。“拜”，授官。“太祝”，官名，掌祝祀祈祷之事。“未上”，未上报。诗中见出郁闷之心情。

② “卜筑”，择地建屋。

③ “虚室”句，因无外人而来，形单影只，故显室虚，好像无人。

④ “偓佺”，仙人名。司马相如《上林赋》：“偓佺之伦，暴于南荣。”

⑤ “虬（qiú）龙”，无角龙（据《楚辞》王逸注）。

⑥ “轻翼”，轻轻的翅膀。“远心”，高远之心。

同王十三维偶然作十首（选一首）[1]

空山暮雨来，众鸟竟栖息。斯须照夕阳，双双复抚翼。我念天时好，东田有稼穑[2]。浮云蔽川原，新流集沟洫。裴回顾衡宇[3]，童仆邀我食。卧览床头书，睡看机中织。想见明膏煎，中夜起唧唧[4]。

① 此篇为《同王十三维偶然作十首》中的第九首。

②“稼穑”，种谷曰稼，收获曰穑。泛指农业劳动。

③“裴回”，同“徘徊”。“衡宇”，简陋的屋宇。“衡”，衡门，横木为门，极言简陋。

④“明膏煎”，灯火相煎。“膏”，灯火。《庄子·人间世》：“山木，自寇也；膏火，自煎也。……人皆知有用之用，而莫知无用之用也。”言油脂燃起灯火因可燃烧照明而自取熔煎，人们都知道有用的用处，却不懂得无用的更大用处。“唧唧”，象声词，此处指叹息声。

蓝上茅茨期王维补阙[1]

山中人不见，云去夕阳过[2]。浅濑寒鱼少[3]，丛兰秋蝶多。老年疏世事，幽性乐天和[4]。酒熟思才子，溪头望玉珂[5]。

① 储光羲因仕途不畅，遂于开元末隐居于蓝田山中，距王维别业不远。诗中自见心远地偏的闲适之趣，亦见其等待王维的殷切之情。“蓝上”，蓝水边。“茅茨”，茅屋。“期”，约定时间，邀约。“补阙”，王

维于开元二十九年任左补阙。此诗一作钱起诗。

②“山中人”，指王维，王维居于辋川，自称“山中人”。(见其《山中与裴秀才迪书》)

③“濑”，湍急之水。水激石间为濑。

④“疏世事”，疏远当世之事。“天和”，自然的祥和之气。

⑤“酒熟”，酿酒已熟，可以饮用。“才子”，指王维。“玉珂”，马勒，以贝饰之，色白似玉，振动则有声。

王昌龄

王昌龄（？—约756），字少伯，京兆长安（今属陕西西安）人。一作太原（今属山西）人。开元十五年（727）进士及第，授汜水尉，再迁江宁丞。天宝七载贬龙标（今湖南黔阳）尉，世称王江宁或王龙标。安史乱起，流落途中道出濠州，为刺史闾丘晓所忌而杀。他在当时颇负盛名，与当时名诗人如李白等多有交往。其诗擅长七绝，时称“诗家夫子王江宁”，其七绝以抒情为主，气势雄浑，格调高昂，而文字奇俊，意味深醇，可与李白相媲美。明人王世贞云：“七言绝句，王江宁与太白争胜毫厘，俱是神品。”非溢美也。《全唐诗》编其诗四卷。

东溪玩月[①]

月从断山口，遥吐柴门端。万木分空霁，流阴中夜攒[②]。

光连虚象白[3]，气与风露寒。谷静秋泉响，岩深青霭残。澄清入幽梦，破影抱空峦。恍惚琴窗里，松溪晓思难。

①“东溪”，在蓝田辋川。此诗一作王维诗。

②“分空霁”，分了雨后的空旷。“流阴”，夜中之气。“分”，一作“纷”。

③“虚象”，太空。

陶　翰

陶翰，润州（今江苏镇江）人，开元十八年进士，官终礼部员外郎。其诗既多形象，复备风骨，沉健、真恻、高旷之味，兼而有之。《全唐诗》编其诗一卷。

望太华赠卢司仓[1]

行吏到西华，乃观三峰壮[2]。削成元气中，杰出天河上[3]。如有飞动色，不知青冥状[4]。巨灵安在哉[5]，厥迹犹可望。方此顾行旅，末由饬仙装[6]。葱茏记星坛，明灭数云嶂[7]。良友垂真契，宿心所微尚[8]。敢投归山吟，霞径一相访[9]。

①“太华”，即华山。“司仓”，官名。汉代有仓曹史，主管仓库，为郡的

属官。唐制，在府的称司曹参军，在州的称司仓参军，是刺史的佐吏。

②“行吏”，官员出行。“西华”，西岳华山。“三峰”，指华山的西峰、南峰和东峰。“行”，一作“作”。

③“削成”，言险绝。《山海经·西山经》：“太华之山，削成而四方，其高五千仞，其广十里。”“元气”，指天地未分前的混一之气，天地万物皆由元气所生。“天河”，银河。“河”，一作“汉”。

④“青冥”，青天。这两句言华山有飞动之色，高入九霄，故不知青天之状。

⑤“巨灵”，古代神语中劈开华山的黄河之神。汉武帝在华山筑巨灵河神祠。

⑥“末由”，无从，无法。“饬”，谨慎。“仙装”，仙人的服装，指卢司仓。这句说最后的行程是拜访卢司仓。“顾”，一作“叹”。“饬”，一作“访”。

⑦“葱茏”，青翠茂盛貌。“星坛”，祭星之坛。“明灭”，时隐时现，忽明忽暗。“云嶂”，带云气的嶂峦。

⑧“真契”，真正相投的情意。“宿心”，一向的心愿，往日的本心。“微尚”，微小的意愿。

⑨“投”，投赠。“霞径”，以云霞为道路，指仙径。结句言投赠诗篇，予卢司仓。

常　建

常建（708—765），或谓长安（今属陕西西安）人，但无确据（以其《落第长安》中句“犹恐故里莺花笑，且向长安度一春”，可推知本贯当在他地）。开元十五年（727）与王昌龄同榜登进士第。大历中，授盱眙尉。仕途颇不如意，遂放浪琴酒，游览名山胜景以自娱。他的诗以山水、田园为主要题材，风格接近王、孟，善于用凝练之语言，表达清幽之境界。《四库全书总目》评之曰：“全集之中，卓然与王、孟抗行者，殆十之六七。”《全唐诗》编其诗一卷。

梦太白西峰①

梦寐升九崖，杳霭逢元君②。遗我太白峰，寥寥辞垢氛③。
结宇在星汉，宴林闭氤氲④。檐楹覆馀翠，巾舄生片云⑤。
时往溪水间，孤亭昼仍曛⑥。松峰引天影，石濑清霞文⑦。
恬目缓舟趣，霁心投鸟群⑧。春风又摇棹，潭岛花纷纷。

①“太白西峰”，指太白山西峰。太白山，秦岭的主峰，在今陕西周至、眉县之南。本篇以梦游驱驰想象，更显神奇之风采。

②“杳霭”，深远貌。“逢”，一作“岑”。“元君”，道教称仙人男曰真人，女曰元君。

③“遗（wèi）”，交付。“寥寥”，空虚，空阔。“辞垢氛”，辞去喧嚣的尘俗之气。

④“结宇”，建造房舍。“星汉”，天河，银河。“宴”，安逸，闲适。“氤氲”，烟云弥漫貌。

⑤“檐楹”，房檐和楹柱。“巾舄（xì）”，巾与鞋。“舄”，鞋。

⑥“曛”，落日，黄昏时。此指林木覆盖，光线昏暗，如黄昏时。

⑦“石濑”，水激石间而成的急流。“霞文”，霞光的文采。

⑧“恬目”，安静的目光。“缓舟”，使舟行的速度慢下来。“霁心”，畅朗的心。

刘长卿

刘长卿（709—786），字文房，河间（今河北河间）人。开元二十一年（733）登进士第。曾任监察御史，知淮南、鄂岳转运使留后，遭诬被贬，量移睦州司马，终随州刺史，世称“刘随州”。刘长卿与杜甫年龄相仿，而创作主要在中唐的上元、宝应年间，诗调雅畅，研炼深稳，与“大历十才子”相类。他的诗多羁愁别恨和闲适情趣，各体皆备，尤擅五言，自诩为“五言长城”。然其诗缺乏雄浑苍劲之作，语意亦多雷同。难怪编其诗入《中兴间气集》的高仲武评之曰：“思锐才窄也。”《全唐诗》编其诗五卷。

关门望华山①

客路瞻太华，三峰高际天②。夏云亘百里，合沓遥相连③。雷雨飞半腹，太阳在其巅。翠微关上近④，瀑布林梢悬。

爱此众容秀，能令西望偏[⑤]。徘徊忘暝色，泱漭成阴烟[⑥]。曾是朝百灵，亦闻会群仙[⑦]。琼浆岂易挹，毛女非空传[⑧]。仿佛仍伫想，幽期如眼前[⑨]。金天有青庙，松柏隐苍然[⑩]。

①“关”，指潼关。“华山”，五岳之一，世称西岳。属秦岭山系，在今陕西华阴市南。

②“太华”，即华山。因其西有少华山，故称其为太华山，简称太华。“三峰”，指华山上最突出的西峰（莲花峰）、南峰（落雁峰）和东峰（朝阳峰）。

③“亘”，延续，不断。“合沓”，重叠。

④“翠微”，轻淡青葱的山色。

⑤“众容秀”，形容华山众妍竞秀，景色迷人。“西望”，因华山在潼关之西，故云。

⑥“暝色”，暮色。“泱漭”，昏暗不明貌。

⑦“百灵”，百神。“会群仙”，《史记·封禅书》《汉书·郊祀志》记载，黄帝经常在华山遨游，并与诸神会聚于华山之上。

⑧“琼浆”，据《太平广记》记载：“明星玉女者，居华山，服玉浆，白日升天。”“挹”，舀，酌取。“毛女”，见沈佺期《辛丑岁十月幸长安时扈从西岳作》注⑦。

⑨“幽期”，谓会仙之期。

⑩“金天”，华岳神之封号。唐玄宗先天二年（713），封华岳神为金天王。“青庙”，即清庙，指庄严清静的宗庙。“苍然”，指青庙。这里指金天王的祀庙。

张文琮

张文琮，贝州（治在今河北省清河县）人。贞观中，为侍御史，三迁亳州刺史。为政清简。永徽中，拜户部侍郎，出为建州刺史。《全唐诗》编其诗六首。

蜀道难[①]

梁山镇地险，积石阻云端[②]。深谷下寥廓，层岩上郁盘[③]。
飞梁架绝岭，栈道接危峦[④]。揽辔独长息[⑤]，方知斯路难。

①“蜀道难”，乐府古相和曲名。此处指由秦入蜀道路之艰险。

②“梁山”，梁州之山。梁州，州名，治所在今陕西汉中市汉台区。此地为由秦入蜀必经之道。“积石”，指梁州一山名。

③“寥廓”，旷远，广阔。“郁”，（云、气）浓盛的样子。“盘”，回绕，盘曲。

④“梁”，指桥梁。“绝岭”，最高的山岭。“栈道”，在险绝的地方傍山架木而成的道路。

⑤“揽辔”，收拢马的缰绳，即驻马。

孟浩然

孟浩然（689—740），襄州襄阳（今湖北襄阳）人，长期隐居鹿门山，年四十，游长安，应进士不第。张九龄镇荆州，署为从事。开元末，患疽卒。他曾游东南各地，诗与王维齐名，称为“王孟”。孟诗题材已摆脱了初唐应制、咏物之窄狭境界，而多所抒发个人情怀，为开元诗坛注入新的活力。气象清远，而采秀内映，冲淡有壮逸之气，在当时即负有盛名。《全唐诗》编其诗两卷。

岁暮归南山[①]

北阙休上书[②]，南山归敝庐[③]。不才明主弃[④]，多病故人疏。白发催年老，青阳逼岁除[⑤]。永怀愁不寐，松月夜窗虚[⑥]。

①题一作《归终南山》，以诗中所述，此南山或指襄阳之岘山（在作者家乡之南）。而据诗题之另名和《唐才子传·孟浩然》中所述，或作终南山。《传》中曰，玄宗在长安见到孟浩然，“即命吟近作。诵至‘不才明主弃，多病故人疏’之句，帝怃然曰：‘卿不求仕，朕何尝弃卿，奈何诬我！’因命放归南山。”姑置此南山为终南山。

②“北阙”，据《汉书·高帝纪》注：“尚书奏事，谒见之徒，皆诣北阙。”“阙”，宫门前之望楼。

③“敝庐”，破敝之家园。

④“明主”，指唐玄宗。

⑤“青阳”，指春天。“逼”，逼近；也可理解为胁迫。“岁除”，年终之日，即大年三十。

⑥“虚”，空寂。

李　白

李白（701—762），字太白，祖籍陇西成纪（今甘肃秦安）。隋末其先人流徙中亚碎叶（今吉尔吉斯斯坦北部托克马克），李白就出生于此。幼时随父迁居绵州昌隆（今四川江油）青莲乡。二十五岁时离蜀，长期在各地漫游。天宝初供奉翰林，受权贵谗毁，不到两年便离开长安。安史乱中，曾为永王李璘幕僚，因璘败牵累，长流夜郎。中途遇赦东还，晚年漂泊困苦，卒于当涂。诗风雄奇豪放，想象丰富，语言流转自然，音律和谐多变，善于从民歌、神话中汲取营养和素材，构成其诗特有的瑰玮绚烂之色彩，富有积极浪漫主义精神。李白是我国古代最伟大的浪漫主义诗人，被称为“诗仙”。存诗九百九十馀首。《全唐诗》编其诗二十五卷。

古风（选二首）

一①

太白何苍苍，星辰上森列。去天三百里，邈尔与世绝②。
中有绿发翁，披云卧松雪③。不笑亦不语，冥栖在岩穴。
我来逢真人，长跪问宝诀④。粲然启玉齿⑤，受以炼药说。
铭骨传其语，竦身已电灭⑥。仰望不可及，苍然五情热。
吾将营丹砂，永与世人别。

①《古风》组诗共五十九首，是李白的重要诗篇，其政治理想、人生感慨多见其中，不少篇章托古喻今，指斥时弊，倾向性很强。本篇为第五首，言数随太白真人炼丹，流露出对世路不平的愤懑。

② 这四句说，太白山高大雄伟。“苍苍”，深青色。“森列”，繁密排列。“邈”，远，隔绝。

③“绿发翁”，黑头发的老翁。绿发，形容头发多而黑。

④“真人”，道家称存养本性得道的人。三国魏曹植《飞龙篇》：“我知真人，长跪问道。”“宝诀”，宝贵的秘诀。

⑤“粲然”，笑时露出牙齿的样子。“启玉齿”，一作“忽自哂”。

⑥ 这两句是说，真人授以炼药术后，闪电般地消失了。“铭骨”，铭刻于骨，永不遗忘。“竦（sǒng）身”，犹耸身，纵身上跳。“电灭”，闪电消逝，言速度极快。言真人忽已不见。

二①

西上莲花山，迢迢见明星②。素手把芙蓉，虚步蹑太清。
霓裳曳广带，飘拂升天行③。邀我登云台，高揖卫叔卿。
恍恍与之去，驾鸿凌紫冥④。俯视洛阳川，茫茫走胡兵⑤。
流血涂野草，豺狼尽冠缨⑥。

① 本篇为《古风》第十九首，作于至德元载（756），是借游仙写“胡兵”在中原的肆虐行径。

②“莲花山”，西岳华山的西峰，即莲花峰。《华山记》：“山顶有池，生千叶莲花，服之羽化，因曰华山。”“明星”，仙女名。见刘长卿《关

门望华山》注⑧。

③ 这四句写明星玉女手持莲花飞升太空。“素手”，洁白的手。《古诗十九首》其二：“娥娥红粉妆，纤纤出素手。”“芙蓉”，莲花的别称。“虚步”，因太空无实地可踩，而是凌空而行，故曰虚步。“蹑”，登。“太清”，天空。

④ 这四句写明星玉女邀诗人见了仙人卫叔卿后，又恍然与仙人一起驾着鸿雁上了高空。“云台”，云台峰，即华山北峰，四面陡绝，景色秀丽。慎蒙《名山诸胜一览记》称其“上冠景云，下贯地脉，嶷然独秀，有若云台”，是为仙山。“卫叔卿”，传说中的仙人。据晋葛洪《神仙传》卷八载：“卫叔卿者，中山人也。服云母得仙。”并言其子在华山下，望见其父（卫叔卿）与数人博戏于石上。“紫冥”，高空。

⑤ 最后四句回到现实，是实写。于空中看到“胡兵”在洛阳的罪恶行径。“茫茫”，形容胡兵之众多。“胡兵”，指安史叛军。

⑥“流血涂野草”，人民惨遭屠戮，鲜血涂遍了野草。极言惨遭杀戮者之多。“豺狼”，喻安史叛军。“冠缨”，官帽和系官帽的带子，此借指做官。

蜀道难①

噫吁嚱，危乎高哉②！蜀道之难，难于上青天！蚕丛及鱼凫，开国何茫然③！尔来四万八千岁，不与秦塞通人烟。西当太白有鸟道，可以横绝峨眉巅④。地崩山摧壮士死，然后天梯石栈相钩连⑤。上有六龙回日之高标，下有冲波逆折之回川⑥。黄鹤之飞尚不得过，猿猱欲度愁攀援。青泥何盘盘，百步九折萦岩峦[7]。扪参历井仰胁息，以手抚膺坐长叹[8]。问君西游何时还？畏途巉岩不可攀[9]。但见悲鸟号古木，雄飞雌从绕林间。又闻子规啼夜月[10]，愁空山。蜀道之难，难于上青天，使人听此凋朱颜！连峰去天不盈尺，枯松倒挂倚绝壁。飞湍瀑流争喧豗，砯崖转石万壑雷[11]。其险也如此[12]，嗟尔远道之人胡为乎来哉！剑阁峥嵘而崔嵬，一夫当关，万夫莫开[13]。所守或匪亲[14]，化为狼与豺。朝避猛虎，夕避长蛇；磨牙吮血，杀人如麻。锦城虽云乐[15]，不如早还家。蜀道之难，难于上青天，侧身西望长咨嗟[16]！

①“蜀道难”，本六朝《瑟调曲》旧题，皆写蜀道之险阻。李白的这首《蜀道难》，独树高标，将蜀道之难写得形神兼具，古今无两，难怪当时大诗人贺知章见此诗叹曰：“子谪仙人也！”（见《唐才子传·李白》）

②“噫吁嚱（xū xī）”，惊叹词。

③“蚕丛”“鱼凫”，均为传说中的古蜀国国君名。“开国”句，是说蜀国开国悠久，然事难稽考。“茫然”，模糊不清。

④ 这四句说，从蜀开国起，蜀秦之间就无路可通。“尔来”，就是从此之后。“四万八千岁”，极言时间之长久。“秦塞”，秦国为四塞之国，故称。“西当”两句，言自秦入蜀（因太白山在长安之西），而秦之太白与蜀之峨眉，两山之间只有飞鸟往还。“鸟道”，绝险的高山小道。“横绝”，横越。

⑤ 这两句是说蜀国五力士死后，蜀道方通。“山摧壮士死”，《华阳国

志·蜀志》记载，秦惠文王答应蜀王之请，将五个女儿下嫁于他，他派五力士去迎娶。返回途中，遇一巨蛇钻入山洞。五力士合力拉住蛇尾，欲将其拖出，结果山被拉倒，五力士与五女皆被压死，山也分成了五岭。“石栈”，即栈道，在山路绝险处凿石架木而成的道路。

⑥这两句言蜀道之高。“六龙回日”，古代神话说，给太阳驾车的羲和每日以六龙载太阳神在天上从东向西，但到蜀道过不去了，只好折回。“高标”，指蜀道上的最高峰。“逆折”，回旋。“回川”，有漩涡的水流。

⑦这两句言蜀道极高。“青泥”，岭名，为唐代入蜀要道，在今陕西省略阳县。《元和郡县志》谓其“悬崖万仞，山多云雨，行者屡逢泥淖，故号青泥岭”。“盘盘”，曲折貌。

⑧这两句再言蜀道的高险。“扪参历井”，是说登蜀道者举手可扪星辰。“扪”，摸。“历”，经过。“参”“井”，都是星宿名，古天文学说，把十二星辰的位置跟地上州、国的位置相对应，称分野。参是蜀的分野，井是秦的分野。“胁息”，屏住呼吸。“膺（yīng）”，胸。

⑨“巉（chán）岩”，山势险峻。

⑩“子规”，即杜鹃鸟。

⑪“喧豗（huī）”，瀑布急流的喧闹声。“砯（pīng）”，水激岩石之声。“转石”，激流使大石转动。

⑫“如”，一作“若”。

⑬这两句言剑阁形势之险要。“剑阁”，指剑门关。位于大剑阁和小剑阁山之间，在今四川剑阁县北七里。剑门天下险，易守难攻。故云“一夫当关，万夫莫开”。

⑭“匪”，同“非”。

⑮“锦城”，即锦官城，指成都。

⑯“咨嗟”，叹息。

送友人入蜀

见说蚕丛路[①]，崎岖不易行。山从人面起，云傍马头生[②]。
芳树笼秦栈，春流绕蜀城[③]。升沉应已定，不必问君平[④]。

①“蚕丛”，见《蜀道难》注③。

② 这两句言山陡而高。山从人面起，山势陡也；云傍马头生，驿路高也。

③“秦栈”，秦蜀驿道上秦地的栈道。“蜀城”，蜀地的城市。

④ 这两句是说，官位的升迁和下沉已经有定局，不必再问占卜的人了。“君平”，西汉人严遵，字君平，隐居不仕，曾在成都以卖卜为生。（见晋皇甫谧《高士传》）

下终南山过斛斯山人宿置酒[①]

暮从碧山下，山月随人归。却顾所来径，苍苍横翠微[②]。
相携及田家，童稚开荆扉[③]。绿竹入幽径，青萝拂行衣[④]。
欢言得所憩，美酒聊共挥[⑤]。长歌吟松风，曲尽河星稀[⑥]。
我醉君复乐，陶然共忘机[⑦]。

①“斛（hú）斯山人”，当是终南隐士。斛斯，本北朝胡姓。

②“翠微”，轻淡青葱的山色。

③ 这句是说李白下山路遇斛斯山人，遂相携至其家。“田家”，指斛斯山人之家。“荆扉”，柴门。

④“青萝”，指女萝之类的地衣类植物。

⑤“得所憩”，指留宿置酒。“挥”，举杯。

⑥“松风”，似指古乐府琴曲《风入松》。“河星稀”，因月在中天最明，天河的星光已经稀少，是说夜已深了。

⑦“陶然”，喜悦的样子。“忘机”，忘却计较或巧诈之心。指自甘恬淡、与世无争。

春陪商州裴使君游石娥溪[①]

裴公有仙标，拔俗数千丈。澹荡沧洲云，飘飖紫霞想[②]。
剖竹商洛间，政成心已闲。萧条出世表，冥寂闭玄关[③]。
我来属芳节，解榻时相悦。褰帷对云峰[④]，扬袂指松雪。
暂出东城边，遂游西岩前[⑤]。横天耸翠壁，喷壑鸣红泉。
寻幽殊未歇，爱此春光发。溪傍饶名花，石上有好月[⑥]。
命驾归去来，露华生翠苔。淹留惜将晚，复听清猿哀[⑦]。
清猿断人肠，游子思故乡。明发首东路，此欢焉可忘[⑧]。

① 此诗作于天宝三载（744），李白在天宝元年奉诏入朝，为供奉翰林，因得罪权贵，未及两年，被玄宗“赐金放还”。这首诗是他东归时所写，故诗题下注曰：“时欲东归，遂有此赠。”裴使君乃商州刺史裴延庆，所游的石娥湖（亦名仙娥湖）在州西十里仙娥峰下。

② 这四句写对裴使君人格之景仰。“澹荡”，犹荡漾。“沧洲”，隐士居住的地方。“紫霞”，指仙人的生活。

③ 这四句写对裴使君政绩之景仰。“剖竹”，古代以竹符为证，剖而为

二，授官时，一予本人，一留官府，因以“剖竹”为授官之代称。“世表”，人世之外。“玄关”，佛家指入道之门。

④“褰（qiān）帷”，撩开帐帷。

⑤ 时李白住在州城东大赵峪东岩山下，而石娥溪在州城西，故有“东城边”“西岩前”之谓。

⑥ 这六句写溪上之所见，翠壁、鸣泉、春光、名花、好月，风光娱人。

⑦ 这四句写月夜离开石娥溪时之情景。“命驾”，命令御者驾驶车马。“归去来”，即归去。来，语气助词。“淹留”，长时间停留。

⑧ 猿声凄厉，易使游子思乡，明日东归，而此欢不能忘怀，以之作结，前后照应。“首东路”，即面向东方之路，言东归。

登太白峰①

西上太白峰，夕阳穷登攀②。太白与我语，为我开天关③。愿乘泠风去④，直出浮云间。举手可近月，前行若无山⑤。一别武功去，何时复见还⑥。

① 此诗是李白天宝初任翰林供奉时所作，其政治上难以施展，惆怅之情遂入诗中。“太白峰”，秦岭太白山中之秀峰，高耸入云，终年积雪，望之皓然。故有“武功太白，去天三百”之说。

② 这两句言攀登上峰顶，已是日夕时分。“西上”，因太白峰在长安以西，故云。

③“太白”，此处指太白星（又称金星、启明、长庚），以其运行轨道所处方位不同而有启明、长庚之别，旦见者为启明，昏见者为长庚。夕

阳中登至山顶，已可见太白星。遂亦幻亦真，与太白星对话。“天关”，即天门，天上的门。

④“泠（líng）风”，和风。以下是写御风而行，在太空遨游。

⑤“可近月”，言其飞越之高也。“若无山”，言其身在群山之上，群山虽有若无也。

⑥这两句说，一别武功山神游太空，何时才能返回呢。反映出诗人出世用世的微妙复杂心态。“武功”，山名。在今武功县南九十里，北连太白山。

西岳云台歌送丹丘子[①]

西岳峥嵘何壮哉！黄河如丝天际来[②]。黄河万里触山动，盘涡毂转秦地雷[③]。荣光休气纷五彩，千年一清圣人在[④]。巨灵咆哮擘两山，洪波喷箭射东海[⑤]。三峰却立如欲摧，翠崖丹谷高掌开[⑥]。白帝金精运元气，石作莲花云作台[⑦]。云台阁道连窈冥，中有不死丹丘生。明星玉女备洒扫，麻姑搔背指爪轻。我皇手把天地户，丹丘谈天与天语。九重出入生光辉，东来蓬莱复西归[⑧]。玉浆倘惠故人饮，骑二茅龙上天飞[⑨]。

①“西岳”，华山。“云台”，见《古风》（“西上莲花山”）注④。“丹丘子”，即元丹丘，是李白的道友。此篇写大河奔腾之势，华岳雄奇之状，直是神来之笔。

②这两句写华山的峻伟，以及登山远眺所见到的黄河。《华山记》中有

云：从华山之落雁峰（南峰）“俯眺三秦，旷莽无际。黄河如一缕水，缭绕岳下”。

③“盘涡毂（gǔ）转”，车轮的中心处称毂，此处形容黄河激流，盘旋成涡如同转轮。“秦地雷”，指黄河触山动处，激流声入雷鸣，因其在秦地，故云。

④“荣光休气”，形容河水在阳光下所呈现的五彩景象，并认为那是荣光（彩色的云气）。“休（美善）气”，祥瑞气象。“千年一清”，黄河多泥沙，其水难清，故有此说。“黄河清，圣人出”，也以河清歌颂盛唐。“圣人”，指当朝皇帝唐玄宗。

⑤“巨灵”，古代神话中分擘了华山和中条山（即雷首山，又名首阳山）的河神，使得洪波奔流，喷射东海，据《水经注·河水》引古语：“华岳本一山，当河，河水过而曲行。河神巨灵，手荡脚踏，开而为两，今掌足之迹，仍存华岩。”“箭”，一作“流”。

⑥“三峰”，指落雁峰（南峰）、朝阳峰（东峰）、莲花峰（西峰）。“高掌”，即仙人掌。东峰峰侧石上有痕，自下望之，很像手掌，五指俱全，故称仙人掌（即河神巨灵之掌）。

⑦这两句写华山状貌之奇异。“白帝”，神话中的五天帝之一，主西方。华山是西岳，故属白帝。道家以西方属金，故称白帝为西方之金精。“元气”，我国古代思想家认为形成世界最元始的东西是元气，天地万物皆由元气所生。慎蒙《天下名山诸胜一览记》：“李白诗‘石作莲花云作台’，今观山形，外罗诸山如莲瓣，中间三峰特如莲心，其下如云台峰，自远望之，宛如青色莲花，开于云台之上也。”

⑧这八句以神话故事和现实人物合为一起而写，以褒元丹丘之道行。言云台峰的阁道（栈道）连接高远的云霄，丹丘在那里，有明星、玉女二仙女以备洒扫，有麻姑搔背，指爪轻柔。我皇（天帝）手把着九天

的门户，元丹丘与之谈着宇宙之事。“明星”“玉女”，见刘长卿《关门望华山》注⑧。“麻姑”，传说中的女仙。《神仙传》载，东汉桓帝时，仙人王远（方平）降于蔡经家，召麻姑至，年十八九，甚美，自云：“接侍以来，已见东海三为桑田。”蔡经见其手指纤细似鸟爪，自念：“背大痒时，得此爪以爬背，当佳。”“我皇”，指天帝。“谈天”，指“谈天演”。战国时邹衍喜谈宇宙之事，人称“谈天衍”。“九重”，天之极高处。“蓬莱”，仙山名。

⑨ 这两句言元丹丘或能惠爱故人（李白自指），饮以玉浆，使李白自己也能飞天成仙。“玉浆”，仙人所饮之浆。“茅龙”，相传仙人所骑的神兽。汉刘向《列仙传》云，仙人使卜师呼子先与酒家老妪骑二茅狗（骑后变为龙）。诗人用神话传说，表达了欲成仙人的浪漫理想。

望终南山寄紫阁隐者①

出门见南山，引领意无限。秀色难为名②，苍翠日在眼。有时白云起，天际自舒卷。心中与之然③，托兴每不浅。何当造幽人，灭迹栖绝巘④。

① 长安城南的终南山，是唐代隐士们向往的佳境。然而有些隐者并非真隐，而是以之钓名，为日后步入仕途作铺垫，这就是司马祯讽刺卢藏用的“终南捷径”。李白入长安后，亦曾隐居南山玉真公主宅邸附近，欲以此作晋升之阶。故而诗中结尾两句，并非真要去当隐士，只是人格宣言而已。“南山”，即终南山，因在长安之南，故云。“紫阁”，峰名。在今西安市鄠邑区东南终南山中。

②“难为名”，难以名之。

③“与之然”，与其相同。

④“造”，访。“幽人”，隐士。“巘（yǎn）”，山峰。一说小山。

岑　参

岑参（约715—770），南阳（今属河南）人，天宝进士。天宝八载（749），在安西节度使封常清幕中掌书记，到过安西、武威。天宝末，封常清镇守伊西、北庭，岑参摄监察御史，充伊西、北庭节度判官。累官嘉州（治今四川乐山）刺史，卒于成都。其诗与高適齐名，并称“高岑”。长于七言歌行。岑参六佐戎幕，往来鞍马烽尘间十馀载，其边塞诗气势豪迈，情辞慷慨，迥拔孤秀，而格调尤高。在盛唐作家群中，地位显赫。宋代爱国诗人陆游誉其为“太白、子美之后，一人而已”。有《岑嘉州集》。《全唐诗》编其诗四卷。

酬成少尹骆谷行见呈[①]

闻君行路难，惆怅临长衢。岂不惮险艰，王程剩相拘[②]。
忆昨蓬莱宫，新授刺史符[③]。明主仍赐衣，价值千万馀。
何幸承命日，得与夫子俱。携手出华省，连镳赴长途[④]。
五马当路嘶，按节投蜀都。千崖信萦折，一径何盘纡[⑤]。
层冰滑征轮，密竹碍隼旟[⑥]。深林迷昏旦，栈道凌空虚[⑦]。

飞雪缩马毛[8]，烈风擘我肤。峰攒望天小，亭午见日初[9]。夜宿月近人，朝行云满车[10]。泉浇石罅坼，火入松心枯[11]。亚尹同心者，风流贤大夫[12]。荣禄上及亲，之官随板舆[13]。高价振台阁，清词出应徐[14]。成都春酒香，且用俸钱沽。浮名何足道，海上堪乘桴[15]。

①“成少尹”，即成贲。永泰元年（765），岑参被任命为嘉州刺史，成贲任成都少尹，十一月，二人结伴而行，经骆谷入蜀。少尹，是府州的副职。“骆谷”，地名，在盩厔（今作周至）县西南。谷长四百馀里，为关中与梁州间的交通要道。

②“王程”句，言赴蜀之路。“拘”，限制。

③此二句言自己新授嘉州刺史职务。“蓬莱宫”，唐宫名，原名大明宫，龙朔二年（662）高宗改为蓬莱宫。

④“华（huà）省”，尚书省。岑、成入蜀前同在尚书省任郎官。“连镳（biāo）”，乘骑相伴。镳，马嚼子。指代马。

⑤“五马”，太守的代称。古代一乘有四马，按《汉官仪》，汉时太守出行，增加一马，为五马。后即以五马为太守的代称。此处指成少尹。“按节”，官员巡行或去新地任职的节符。“投”，到，临。“萦折”，攀绕曲折。“盘纡”，盘回纡曲。

⑥此二句言层冰盘路，密竹碍旗。“隼旟（yú）”，《尔雅》谓古代一种绘有鹰隼振翅疾飞图像的军旗。

⑦“迷昏旦”，分不出早晨和黄昏。“凌空虚”，言栈道凌空而架。

⑧“缩马毛”，雪落马身，气寒，马毛自缩。

⑨此两句所谓“一线天”也。“攒”，聚集。“亭午”，正午。

⑩ 此二句言所行之高也。“月近人”，自见人居之高；“云满车”，自见道路之高。此二句言路途所见也。“石罅（xià）坼”，山石缝隙裂开。

⑪ “松心枯”，松树树干被烧枯部分直到树心，故曰“松心枯”。

⑫ 此二句称赞成少尹也。“亚尹”，仅次于府尹的官职，即少尹，指成少尹（贲）。“之官”，即任职。之，往也。

⑬ “板舆”，古时老人的一种代步工具。后因指官吏在任奉养的父母。

⑭ “台阁”，尚书的别称。“徐”，指应玚、徐幹，二人属“建安七子”之列。

⑮ “乘桴”，乘竹木小筏。《论语·公冶长》：“子曰：‘道不行，乘桴浮于海。’”后以“乘桴”表示避世。

赴嘉州过城固县寻永安超禅师房[①]

满寺枇杷冬著花，老僧相见具袈裟。汉王城北雪初霁，韩信台西日欲斜[②]。门外不须催五马，林中且听演三车。岂料巴川多胜事，为君书此报京华[③]。

① 岑参于代宗永泰元年（765）被任命为嘉州刺史，十一月离京赴任。出傥骆道（即盩厔的骆谷到洋州的傥谷）到了城固，去寻永安寺超禅师房。“嘉州”，州名，治所在今四川省乐山市。“城固”，县名，今属陕西。

② 这四句点出相见时间和寺的位置。“寺”，即永安寺。“老僧”，指超禅师。“汉王城”，刘邦封汉王时所筑之城，遗址在今城固县城东一公里处。“韩信台”，与汉王城隔湑水相望。郦道元《水经注》卷二十七说，湑水“又东南经大城固北，城乘高势，北临湑水。水北有韩信

台，高十馀丈，上容百许人”。

③ 这四句点出超禅师的高行。希望门外的同伴不要催自己离开，他正在林中听禅师讲经，并且要将此胜事书报京华。“三车”，佛教以牛车、羊车、鹿车为三车，比喻三乘（佛教以车乘喻佛法，以学者接受能力之不一，分三种情况，称三乘）。“巴川”，指城固，城固北倚秦岭、南依巴山，地处中间平原地带，故曰巴川。

梁州陪赵行军龙冈寺北庭泛舟宴王侍御[1]

谁宴霜台使，行军粉署郎[2]。唱歌江鸟没，吹笛岸花香。
酒影摇新月，滩声聒夕阳[3]。江钟闻已暮，归棹绿川长[4]。

① 岑参于永泰元年十二月初到达梁州，在此滞留三个多月。这是他在梁州陪赵姓行军舟宴王姓侍御之作。“梁州”，州名。治在今汉中市汉台区。“行军”，行军司马的简称，为节度使的属官。“侍御”，侍御史的通称。“龙冈寺”，在州西龙冈山。

② 这两句是说赵行军宴请王侍御。“霜台使”，指王侍御，因侍御是御史台（官署名）成员，而御史台又专司对官吏的弹劾之职，为风霜之任，故称霜台。“粉署”，尚书省的别称。“郎”，郎官。

③ 这四句言宴饮情景。江鸟远飞，因歌声故也；岸花溢香，吹笛助也；摇新月，酒宴在行舟也；聒夕阳，滩声聒噪也。“聒（guō）”，声音嘈杂，使人厌烦。

④ 最后两句说宴饮至日暮。“归棹绿川长”，言归舟返回水路长长，印证宴会时间之长。“棹（zhào）”，划船的工具。“绿川”，指汉水。

早上五盘岭[①]

平旦驱驷马，旷然出五盘[②]。江回两崖斗[③]，日隐群峰攒[④]。苍翠烟景曙，森沉云树寒[⑤]。松疏露孤驿，花密藏回滩。栈道溪雨滑，畬田原草干[⑥]。此行为知己，不觉蜀道难[⑦]。

①作于入蜀途中。五盘岭，亦称七盘岭，见沈佺期《夜宿七盘岭》注①。

②“旷然”，辽阔貌。“五盘”，即五盘岭。

③此句说，从岭上望江水回转曲折，两岩绝壁相互交错，似在争斗。“江回”，指嘉陵江在此回转。

④此句说，日光潜藏不见，是因为被群峰聚集遮挡的缘故。

⑤“烟景”，烟云缭绕的景色。“曙”，日出。“森沉”，低沉幽暗貌。

⑥“畬田”，火种之田。即春初除尽树木荒草，至播种时，伺有雨候，前一夕以火焚烧，籍其灰以增肥。

⑦“知己”，指成贲。其《汉川山行呈成少尹》句“西蜀方携手，南宫忆比肩”可徵。

终南云际精舍寻法澄上人不遇，归高冠东潭石淙，望秦岭微雨作贻友人[①]

昨夜云际宿，旦从西峰回。不见林中僧，微雨潭上来。诸峰皆青翠，秦岭独不开。石鼓有时鸣，秦王安在哉[②]？东南云开处，突兀猕猴台。崖口悬瀑流，半空白皑皑。

喷壁四时雨，傍村终日雷。北瞻长安道，日夕生尘埃[3]。若访张仲蔚，衡门满蒿莱[4]。

①“云际”，山名。“精舍”，道士、僧人修炼居所。“法澄”，僧人名。高冠，秦岭峪口名。其峪口有瀑，瀑东有潭。

②“石鼓”鼓形大石。《汉书·五行志》：“石鼓鸣，有兵。”玄宗时唐与吐蕃、奚、契丹多有战争，故云。“秦王，”指李世民，他曾补封为秦王。

③“喷壁”“傍村”句，直言瀑布之景之声。“突兀”，高貌。

④“张仲蔚”，晋皇甫谧《高士传》载，平陵人张仲蔚道德超凡，隐居不仕。“常居穷素，所处蓬蒿没人。”此处代指友人。“衡门”，横木为门，比喻简陋之房舍。“蒿莱”，野草。

终南东溪中作[1]

溪水碧于草，潺潺花底流。沙平堪濯足，石浅不胜舟[2]。洗药朝与暮[3]，钓鱼春复秋。兴来从所适，还欲向沧洲[4]。

①“终南”，即终南山。“东溪”，溪名。

②“不胜舟”，溪水浅而难负行舟。“不胜”，受不住。

③“洗药”，清洗采集的药材。

④“沧洲”，滨水之地，古称隐者所居。

李嘉祐

李嘉祐，字从一，赵州（今河北赵县）人。天宝七载（748）中进士，为秘书正字。坐事谪鄱阳（今属江西）宰，又为江阳（今属江苏）令。后迁台州刺史。善为诗，风格绮靡婉丽，往往涉齐梁时风。《全唐诗》编其诗两卷。

登秦岭①

南登秦岭头，回首始堪忧。汉阙青门远②，商山蓝水流③。
三湘迁客去，九陌故人游④。从此思乡泪，双垂不复收。

① 李嘉祐此诗大约作于以罪谪南荒离开长安之时。其诗《至七里滩》中有句云："迁客投于越，临江泪满衣"，可证其时之心绪，故全诗的基调是悲哀的。此篇一作司空曙诗。

② "汉阙青门"，代指唐都长安。"汉阙"，汉代宫阙。"青门"，汉长安的东门。

③ "蓝水"，源出商州西北秦岭，西北流入蓝田县界。

④ "三湘迁客"，本指屈原，这里是作者代以自指。"九陌"，汉长安城中有八街、九陌。后来泛指都城大路。此处代指长安。

皇甫曾

皇甫曾，字孝常，天宝十二载（753）登进士第。坐事徙舒州（州治在今安徽怀宁）司马，阳翟令，诗名与其兄皇甫冉不相上下。《全唐诗》编其诗一卷。

送商州杜中丞赴任①

安康地理接商於②，帝命专城总赋舆③。夕拜忽辞青琐闼④，晨装独捧紫泥书⑤。深山古驿分驺骑⑥，芳草闲云逐隼旟⑦。绮皓清风千古在，因君一为谢岩居⑧。

①“中丞”，官名，御史台之长。此篇一作权德舆诗。

②“安康”，郡名。本西城郡，唐天宝元年（742）称安康郡，后于至德二载（757）更名金州。其地今属陕西。“商於”，地名，指今陕西商州至河南内乡一带，共六百里。

③“专城”，指主宰一城的州牧或太守等地方长官。“赋舆”，兵车。古以田赋出兵，故称兵车为赋舆，亦用以泛指军事。

④“拜”，授官。“青琐闼”，宫中小门。宫门刻为连琐纹而以青色饰之，故称宫门为青琐门。

⑤“紫泥书”，皇帝诏书。古人书信用泥封，泥上盖印；皇帝诏书则用紫泥。后称皇帝诏书为紫泥诏，或简称紫泥。

⑥“驺骑（jì）”，主驾车马的骑从。

⑦“隼旟（sǔn yú）”，绘有隼鹰振翅疾飞图像的旗帜。

⑧“绮皓”，即商山四皓之一的绮里季，代指商山四皓。“谢”，拒绝。“岩居”，住在山洞穴之中，谓隐居生活。

杜　甫

杜甫（712—770），字子美，杜审言之孙。祖籍京兆杜陵（在今陕西省西安市长安区），生于巩县（今河南巩义），杜甫在困顿长安十年中，因所居之杜曲在杜陵原下，少陵原之东，故自称杜陵布衣、杜陵野老、少陵野老，世称杜少陵。举进士不第，玄宗时献三大礼赋，待制集贤院，又为宰相李林甫所抑。安禄山陷长安，玄宗奔蜀，他逃至肃宗行在凤翔，官左拾遗。长安收复后，因疏救房琯被贬为华州司功参军。关辅饥乱，遂弃官入蜀，依剑南节度使严武，在成都西郊筑草堂以居，严武荐其为检校工部员外郎，故又世称杜工部。严武死后，他携家出蜀，病死湘江途中。其诗显示了唐王朝由盛转衰的历史过程，反映了社会动乱和人民疾苦，宋人叶梦得评其诗穷笔极力，如太史公记传。其诗语言精练，风格沉郁顿挫，被称为“诗史”。以饥寒之身而怀济世之心，处穷迫之境而无厌世之想，杜甫是中国文学史上最伟大的现实主义诗人，对后世影响极大，被誉为“诗圣”。有《杜少陵集》。《全唐诗》编其诗十九卷。

望岳[①]

西岳崚嶒竦处尊[②]，诸峰罗立如儿孙[③]。安得仙人九节杖，拄到玉女洗头盆[④]。车箱入谷无归路，箭栝通天有一门[⑤]。稍待西风凉冷后，高寻白帝问真源[⑥]。

①“望岳”，杜甫《望岳》诗有三首，一为望东岳泰山，一为望南岳衡山，一为望西岳华山，这首诗乃望西岳，是杜甫贬官华州时所作。“岳”，即西岳华山。

②“崚嶒”，高峻貌。“竦处”，最高处。竦，同“耸”。

③“如儿孙”，是说西岳极高，俯视诸峰，大者如儿，小者如孙。以人之长幼形容山之高下，是创语。“诸峰”，华山四周有十数峰，如白云峰、公主峰、白石峰等。

④这两句说欲登西岳。“安得”，是欲得而不能得的假想说法。“仙人九节杖”，《列仙传》：“王烈授赤城老人九节苍藤竹杖，行地马不能追。”“玉女洗头盆”，《墉城集仙录》：“明星玉女者，居华山，服玉浆，白日升天。……祠前有五石臼，号曰玉女洗头盆。”

⑤这两句写山之险峻，故下文有“稍待”之语。“车箱”，即车箱谷，亦名车水涡，在华山下，深不可测。“箭栝（guā）”，箭的末端，扣弦处。栝通括、筈。所指有两说，其一，用远在数百里外的岐山箭栝峰，作字面以借用；其二，仇兆鳌引黄生注，以为是路径险仄，车不能回，狭而且长，有似箭栝，不必泥于地名。此二说似可商榷。箭栝细而长，其实指的是华山的箭栝峰（千尺幢）。“门”，指箭栝峰旁的通天门。

⑥ 见李白《西岳云台歌送丹丘子》注⑦。“真源”，真正的本源。萧涤非先生释“真源”：“群仙所居之地，有访道之意。由于政治上的挫折，杜甫这时是颇为苦闷的。”亦录于此。

五盘[1]

五盘虽云险，山色佳有馀。仰凌栈道细，俯映江木疏[2]。
地僻无网罟[3]，水清反多鱼。好鸟不妄飞，野人半巢居[4]。
喜见淳朴俗，坦然心神舒。东郊尚格斗，巨猾何时除[5]。
故乡有弟妹，流落随丘墟。成都万事好，岂若归吾庐[6]。

① 此诗系乾元二年（759）作者漂泊西南途经五盘时所作。“五盘”，即五盘岭，见沈佺期《夜宿七盘岭》注①。

② 栈道在上，江水在下，驿路在中，故有仰凌俯映之语。

③ “网罟（gǔ）”，捕鱼之网。

④ “不妄飞”，意即不避人。“巢居”，无屋而棲宿树上。这两句言淳朴之俗。

⑤ 这两句是说安史余孽未平，而关东故乡遭乱离之苦。“东郊”，距都城百里之谓郊。此处系概指关东。

⑥ 末四句，慨故乡乱离也。“丘墟”，废墟荒地。

钱　起

钱起（722—780），字仲文，吴兴（今浙江湖州）人，天宝十载（751）进士及第，曾任考功郎中、翰林学士等职。世称“钱考功”，系“大历十才子”之一。诗以五言为主，多道别送赠之作，虽温秀蕴藉，然内容稍失厚重。有《钱考功集》。《全唐诗》编其诗四卷。

游辋川至南山，寄谷口王十六①

山色不厌远，我行随处深。迹幽青萝径，思绝孤霞岑②。
独鹤引过浦，鸣猿呼入林③。褰裳百泉里④，一步一清心。
王子在何处，隔云鸡犬音。折麻定延伫，乘月期招寻⑤。

①“辋川”，见宋之问《蓝田山庄》注③。“王十六”，指王姓友人，排行十六。

②“青萝径”，青色萝藤随绕的小径。“孤霞岑”，孤霞映衬下小而高的山。

③ 这两句是说所游的佳境。“过浦”，因鹤引也；“入林”，因猿呼也。“浦”，水滨。

④“褰（qiān）”，用手撩起。

⑤ 在等候中，以折麻秆来消磨时光。“延伫”，久立等待。“期”，决定。

登秦岭半岩遇雨

屏翳忽腾气，浮阳惨无晖①。千峰挂飞雨，百尺摇翠微②。
震电闪云径，奔流翻石矶③。倚岩假松盖，临水羡荷衣④。
不得采苓去⑤，空思乘月归。且怜东皋上，水色侵荆扉⑥。

①这两句言天气突变，雷雨忽至。“屏翳”，天神使也，或谓雷师。“浮阳”，浮云中的日光。

②“翠微”，轻淡青葱的山色。

③这两句言电闪雷鸣，洪水翻滚。“电闪云径”，云中电闪之迹。“矶”，水边突出的岩石或石滩。

④“假松盖”，借用松荫遮盖。“荷衣”，用荷叶编成之衣。

⑤“苓”，指草药茯苓。

⑥“皋”，高地。“荆扉”，柴门。

蓝田溪杂咏二十二首（选二首）

一[①]

望山登春台，目尽趣难极。晚景下平阡，花际霞峰色[②]。

①《蓝田溪杂咏二十二首》是钱起描写蓝田山中溪上景色之作，这篇是其第一首。写登台欣赏晚景之美。“登春台”，一作望山台。

②这两句写夕阳照在平阡之上，野花的边际染上了霞峰的色彩。“晚”，日暮。“景”，日光。“平阡”，平坦的田界，田间小路。

二[①]

风送出山钟，云霞度水浅[②]。欲知声尽处，鸟灭寥天远[③]。

① 这篇是《蓝田溪杂咏二十二首》第十四首，写远山钟声之悠远。

② 这两句写钟声随风传出山口，云霞亦随风度过蓝溪。

③ 这两句写钟声会传送到寥远的天空。“鸟灭”，指极遥远的地方，连飞翔的鸟儿也看不见了，仿佛没有了飞鸟。“寥天”，广阔的天空。

谷口书斋寄杨补阙[①]

泉壑带茅茨，云霞生薜帷[②]。竹怜新雨后，山爱夕阳时[③]。闲鹭栖常早，秋花落更迟。家童扫萝径，昨与故人期[④]。

①“谷口”，指蓝田玉山附近某处山谷入口。时钱起在谷口有新居落成。钱诗《题玉山村叟壁》：“谷口好泉石，居人能陆沉。”“补阙”，官名。唐武后垂拱年间所置，职务为侍从讽谏。分左右补阙，左补阙属门下省，右补阙属中书省。

② 这两句言谷口景况。“茅茨”，茅草屋顶。此处代指茅屋。“薜帷”，薜即女萝，属于地衣类植物，形如帷盖，故名薜帷。

③ 这两句是名句。写出了雨后之竹和夕阳之山的神韵。“怜”，喜爱。

④“故人”，指杨补阙。“期”，邀约，会合。

题玉山村叟屋壁[①]

谷口好泉石，居人能陆沉[②]。牛羊下山小，烟火隔云深[③]。一径入溪色[④]，数家连竹阴。藏虹辞晚雨，惊隼落残禽[⑤]。涉趣皆流目，将归羡在林。却思黄绶事，辜负紫芝心[⑥]。

① 玉山，即蓝田山。在今陕西蓝田县东南，以山出美玉，故名。

② 写村叟之隐居。“陆沉”，无水而沉，喻隐居。

③ 牛羊下山之所以小，距离远也；烟火起处之所以深远，隔云故也。

④“入溪色”，融入溪色之中。

⑤ 藏虹：雨后之虹一部分被山遮挡，看不到，故称“藏虹”。“隼”，亦名鹘（hú），猛禽，善于袭击其他鸟类。“落残禽”，抓捕离群而剩馀的鸟。

⑥ 末二句言因做官未能归隐而遗憾。“黄绶”，黄色印绶，指中下级副职的官员。钱起曾任蓝田县尉，故云“黄绶事”。“紫芝”，菌类植物，可食。相传秦末四皓隐居商山，作《采芝操》，有句曰“晔晔紫芝，可以疗饥”，因称紫芝客。借指归隐。

九日登玉山①

霞景青山上，谁知此胜游。龙沙传往事，菊酒对今秋②。
步石随云起③，题诗向水流。忘归更有处，松下片云幽④。

①“九日”，指九月九日，即重阳日，古时有九日登高的风俗。

②“龙沙”，古时指我国西部、西北部边远山地和沙漠地区。后因泛指边塞地区。“菊酒”，菊花酒。

③“步石”，在山石上行走。

④ 这两句写玉山景致幽绝，乐而忘归。

杪秋南山西峰题准上人兰若[1]

向山看霁色，步步豁幽性[2]。返照乱流明，寒空千嶂净。石门有馀好，霞残月欲映。上诣远公庐[3]，孤峰悬一径。云里隔窗火，松下闻山磬[4]。客到两忘言，猿心与禅定[5]。

①“南山”，指终南山。“杪秋”，暮秋，即阴历九月。“上人”，佛教称具备德智善行的人。“准”，僧人名。“兰若（rě）”，指寺院。

②“霁色”，雨后的晴色。“豁幽性”，开阔沉静安闲之性。

③“诣”，往。“远公”，指准上人。

④“磬”，佛寺中敲击以集僧众的鸣器或钵型的铜乐器。

⑤“忘言”，指心领神会，无须用语言来表达。“猿心”，形容心思不当，变化无常，好像猿跳一样。

暮春归故山草堂[1]

谷口春残黄鸟稀，辛夷花尽杏花飞[2]。始怜幽竹山窗下，不改清阴待我归[3]。

①“暮春”，春末。指阴历三月。“故山草堂”，指其在蓝田山中的草堂。此诗一作刘长卿诗。

②“谷口”，山谷之口，此草堂在其附近。“黄鸟”，即黄莺（一说黄雀），叫声婉转悦耳。

③“辛夷”，香木名。树高二三丈，叶似柿叶而狭长。花似莲而小如盏，

香气馥郁。初出时，苞长半寸，尖如笔头，故一名木笔。在蓝田，二月始开花，几与杏花同时。这两句写谷口春残之景。渲染出凋零空寂气氛，以反衬下文之幽竹。

④“怜”，爱。“幽”，沉静。此字概括了翠竹的内美之质和外美之劲，准确而凝练。“不改清阴”，言翠竹一年四季，其色如一。“待我归”，（翠竹）等待我的归来。“始怜”，我爱幽竹也；“待我”，幽竹爱我也。与李白“相看两不厌，唯有敬亭山”同调，这两句正是含不尽之意，见于言外。

登玉山清峰偶遇至悟真寺[①]

郭南云水佳，讼简野情发[②]。紫芝每相引，黄绶不能绁[③]。稍入石门幽，始知灵境绝。冥搜未寸晷，仙径俄九折[④]。蟠木盖石梁，崩岩露云穴。数峰拔昆仑，秀色与空澈。玉气交晴虹，桂花留曙月。半岩采珉者，一点如片雪[⑤]。真赏无前程，奇观宁暂辍[⑥]。更闻东林磬，可听不可说。兴中寻觉化，寂尔诸象灭[⑦]。

①“悟真寺”，在蓝田（今属陕西）东南王顺山上。

②“郭南”，指蓝田县城南。“讼简”，诉讼案件少。“野情”，外出游山之情。

③这两句说，游山之兴不受官职束缚。“黄绶”，黄色印绶，指副职官员。“绁（xiè）”，系也。

④这两句说在悟真寺，不一会儿便找到九折之仙径。“冥搜”，搜访及于幽远之处。“未寸晷”，日影移动尚未及寸，即一会儿。晷，日影。

"俄"，时间很短。

⑤ 这句言寺中之远望。"蟠木"，屈曲之树。"云穴"，云之孔、洞。"拔昆仑"，比昆仑山还高，此处极言玉山之峰。"秀色"句，意即南朝作家吴均所言，"风烟俱净，天山共色"。"澈"，水明净貌。"交"，交融。"曙月"，晓月。"采珉（mín）"，即采玉。珉，似玉的美石。

⑥ 这两句说，赏景不觉已走到路的尽头，奇观乃暂时中止。"宁"，竟，乃。"辍"，停，中止。

⑦ 结尾两句言在悟真寺觉悟到了佛力，佛法谓四大皆空。

戎　昱

戎昱，荆南（今湖北江陵附近）人，登进士第。曾在颜真卿幕下，德宗时任虔州刺史，遭陷贬辰州刺史。"其诗辞旨清拔，多感慨之作。乐府尤以气质胜。"（清代丁仪语）《全唐诗》编其诗一卷。

过商山

雨暗商山过客稀，路傍孤店闭柴扉。卸鞍良久茅檐下，待得巴人樵采归[①]。

① "巴人"，山野之人，指旅店主人。"巴"，一作"主"。"樵采归"，打柴归来。

韦应物

韦应物（737—约792），京兆长安（今陕西西安）人。少以三卫郎事明皇，晚更折节读书。曾任滁州、江州、苏州刺史，故称韦江州或韦苏州。其诗闲雅平淡，自成一家之体，人比之陶潜。有《韦苏州集》。《全唐诗》编其诗十卷。

蓝岭精舍①

石壁精舍高，排云聊直上。佳游惬始愿②，忘险得前赏。崖倾景方晦③，谷转川如掌④。绿林含萧条⑤，飞阁起弘敞⑥。道人上方至⑦，深夜还独往。日落群山阴，天秋百泉响。所嗟累已成⑧，安得长偃仰⑨。

①“蓝岭楼舍”，即悟真寺，寺在蓝田县东南王顺山上。“楼舍”，道士僧人修炼居住之所。

②“惬”，称心。“始愿”，初始的意愿。

③倾侧的岩崖挡住了阳光，使景物显得昏暗。“晦”，昏暗，不明显。

④“川如掌”，山下一望平川，地平如掌。

⑤“萧条”，寂寞冷落，毫无生气。

⑥“弘敞”，大而宽阔。

⑦“道人”，得道之人，指方丈。“上方”，佛寺的方丈、住持僧所居之处称上方。

⑧“累”，指尘世的牵累。

⑨“偃仰”，俯仰，指生活悠然自得。

采玉行[①]

官府征白丁[②]，言采蓝溪玉。绝岭夜无家，深榛雨中宿[③]。独妇饷粮还，哀哀舍南哭[④]。

① 本篇是写白丁在蓝田山采玉之苦况。与后来李贺《老夫采玉歌》异曲而同工。

②“白丁”，平民（没有功名之人）。

③“绝岭”，险绝的山岭。“深榛”，一片榛树的深处。

④ 这两句言其妇送食物，见丈夫之苦况，回家后哀哀痛哭。“独妇”，指采玉者之妇。“饷粮”，送去食物。饷，赐予，此处指送。“舍”，房舍。

窦　常

窦常（746—825），字中行，京兆（今陕西西安）人。大历中擢进士第。元和间，官水部员外郎和朗州等四州刺史，入为国子祭酒。《全唐诗》编其诗二十六首。

商山祠堂即事①

夺嫡心萌事可忧②，四贤西笑暂安刘③。后王不敢论珪组④，土偶人前枳树秋⑤。

①“商山祠堂”，指四皓祠。“商山”，一作“四皓”。

② 首句言汉高祖刘邦欲传位于赵王刘如意事。刘邦宠戚姬，欲立戚姬所生之庶子刘如意为太子，以取代原配吕后所生之嫡子刘盈。“夺嫡”，以庶子夺嫡子的地位。

③ 此句言四皓安刘之事。“四贤”，即“商山四皓”，指汉初隐居商山的四位隐士，即东园公、绮里季、夏黄公、甪（lù）里先生。四人须眉皆白，故称“四皓”。高祖召之，不应。后高祖宠爱戚姬，欲废太子刘盈。吕后用张良计，迎“四皓”，使辅佐太子。一日“四皓”侍太子见高祖，高祖曰：“羽翼已成，难动矣。”“西笑”，汉桓谭《新论·琴道》：“人闻长安乐，则出门向西而笑。”长安是汉朝都城，西望长安而笑，即仰慕帝都之意。此处的“西笑”，指四皓自商山西去长安辅佐太子，因胸有成竹，故“西笑”。

④“珪组”，珪，《说文》曰：“瑞玉也，上以土封诸侯，故从重土。”组，丝带。古代佩印用组。珪组引申为官印或做官的代称。此处特指立太子事。

⑤“土偶人”，指祠中所塑之四皓像。

窦 牟

窦牟（749—822），字贻周，京兆（今陕西西安）人。贞元二年（786）进士。元和间，拜尚书虞部郎中，转洛阳令，都官郎中，出为泽州刺史，仕终国子司业。《全唐诗》编其诗二十一首。

望终南[1]

日爱南山好，时逢夏景残[2]。白云兼似雪，清昼乍生寒[3]。
九陌峰如坠，千门翠可团[4]。欲知形胜尽，都在紫宸看[5]。

①“终南”，指终南山。

②“日爱”，每天都爱。日，每天。“夏景残”，言终南夏日景残，已有秋山之味。

③“清昼”，白天。“乍”，刚刚开始。

④“九陌”，汉长安城中有八街九陌，后来泛指京城大路。“峰如坠”，是说从长安城望终南山，险峰如坠。“翠可团”，翠色簇拥。贾岛《望山》中句“长安百万家，家家锦屏张”可参读。

⑤“形胜”，风景优美。“紫宸（chén）”，殿名，唐大明宫第三殿为紫宸殿。

于良史

于良史，唐肃宗至德年间任侍御史，其诗清雅，工于形似。《全唐诗》编其诗七首。

宿蓝田山口奉寄沈员外[①]

山暝飞群鸟，川长泛四邻[①]。烟归河畔草，月照渡头人。
朋友怀东道，乡关恋北辰[②]。去留无所适，岐路独迷津[③]。

①“暝”，日暮。“川”，河流。

②“东道”，即东道主。《左传·僖公三十年》有“若舍郑以为东道主”语，后省“主”字，以东道作为主人的代称。“乡关”，指故乡。“北辰”，北极星。《尔雅·释天》：“北极谓之北辰。”此句言其家在北方。

③“无所适”，无所适从。“岐路”，岔道。“岐”，通“歧”。“迷津”，犹迷途。

卢　纶

卢纶（737—约799），字允言，河中蒲（今山西永济）人。曾在河中任元帅府判官，官累检校户部郎中，监察御史。系“大历十才子”之一，诗多送别酬答之作。《全唐诗》编其诗五卷。

过仙游寺[①]

上方下方雪中路，白云流水如闲步[②]。数峰行尽犹未归[③]，寂寞经声竹阴暮。

①“仙游寺”，在盩厔（今作周至，属陕西）县秦岭北麓黑水峪中，这里四山环抱，数峰耸立，一水中流，潭清见底。隋文帝杨坚曾在此建专供避暑的仙游宫，唐时改为仙游寺。

②“如闲步”，一作“闲数步”。

③“数峰行尽”，一作“峰到尽时”。

蓝溪期萧道士采药不至[①]

春风生百药，几处术苗香[②]。人远花空落，溪深日复长。病多知药性，老近忆仙方[③]。清节何由见[④]，三山桂自芳。

① 蓝溪，源出商州西北，流经蓝田，注入灞水。

②“术（zhú）”，草名，根可入药。有白术、苍术等品种。

③“仙方”，仙人服用的药方。这里指疗效神奇的药方。

④“清节”，高洁的节操。

题悟真寺[①]

万峰交掩一峰开，晓色常从天上来。似到西方诸佛国，莲花影里数楼台[2]。

①“悟真寺”，见王缙《游悟真寺》注①。

②“佛国”，佛的出生地。指天竺，即古印度。“莲花影”，佛座下有莲花，莲花影，指佛像。

李 端

李端（约743—785），字正己，赵州（治今河北赵县）人。大历间进士及第，为“大历十才子”之一。曾任秘书省校书郎、杭州司马。他才思锐敏，一些诗也清丽深婉。喜作律诗。《全唐诗》编其诗三卷。

雨后游辋川[1]

骤雨归山尽，颓阳入辋川[2]。看虹登晚墅[3]，踏石过春泉。紫葛藏仙井[4]，黄花出野田。自知无路去，回步就人烟。

①“辋川”，见宋之问《蓝田山庄》注③。

②“颓阳”，夕阳。

③“墅”，别馆。供游乐休养的园林房屋。

④“葛”，多年生草本植物，根块可入药，亦可制成葛粉以供食用。

司空曙

司空曙（720—790），字文初，广平（在今河北永年东南）人，举进士，曾入剑南节度使韦皋幕府。官水部郎中，性耿介，不干权贵。为“大历十才子”之一，其诗多写自然景色和乡情旅思，诗格清华，较长于五律。《全唐诗》编其诗两卷。

望商山路[①]

南见青山道，依然去国时[②]。已甘长避地，谁料有还期[③]。
雨霁残阳薄，人愁独望迟。空残华发在[④]，前事不堪思。

① 望商山路而触景，触景而情生，自见了作者被放官远郡的不平则鸣。
②“去国”，离开国都。
③ 这两句是说放官远郡已无回京的希望。“已甘”，已经甘心。“长避地”，长期避世。此处指被放官外地。
④“华发”，黑白相间的头发。

过终南柳处士[①]

云起山苍苍，林居萝薜荒[②]。幽人老深境，素发与青裳[③]。
雨涤莓苔绿，风摇松桂香。洞泉分溜浅，岩笋出丛长[④]。
败屦安松砌[⑤]，馀棋在石床。书名一为别[⑥]，还路已堪伤。

①“终南”，即终南山。“处士”，未仕或不仕的士人。

②“萝薜”，即女萝和薜荔。

③“素发”，白发。

④“岩笋”，岩间的竹笋。

⑤“败屦（jù）”，破旧的鞋子。“松砌”，松旁的台阶。

⑥这句是说，造访不遇，便在醒目处写上姓名而返。

李子卿

李子卿，大历末进士，存诗一首。

望终南春雪

山势抱西秦，初年瑞雪频[①]。色摇鹑野霁，影落凤城春[②]。
辉耀银峰逼，晶明玉树亲[③]。尚寒由气劲，不夜为光新[④]。
荆岫全疑近，昆丘宛合邻[⑤]。馀辉倘可借，回照读书人[⑥]。

①首两句言初春雪频。“西秦”，春秋战国时，秦国以地处列国之西，故称，这里代指秦（今陕西）地。

②这两句言终南下雪之景。“色摇”，雪舞之象。“霁”，雪后初晴。“影落”，指下雪。“鹑”，古以为秦之分野，指秦地。“凤城”，指京城长安。

③这两句承上句而来，言终南雪景。“燿”，同“耀”。“逼”，迫近。

“晶”，明亮，闪闪发光。

④ 这两句言雪后之致。天气尚寒，因雪力也；天色不夜，因雪光也。“劲(jìng)”，坚强有力。“不夜”，雪色洁白，冲淡了夜色，故有此称。

⑤ 这两句极言春雪覆盖下的终南山之大。“荆岫”，即荆山，在今陕西省富平县西南，《禹贡》：“导岍及岐，至于荆山。”相传禹铸鼎于此。或云指潼关东邻之荆山。“昆丘”，即昆仑山，在今新疆和西藏之间，西接帕米尔高原，东延入青海省境内，山势雄伟。

⑥ 这两句隐用南朝梁代孙康映雪读书之典：“孙康家贫，常映雪读书，清介，交游不杂。”（见《孙氏世录》）照应春雪，结语极新。

武元衡

武元衡（758—815），字伯苍，河南缑氏（今河南偃师）人，建中四年登进士第。元和二年（807），以门下侍郎平章事，出为剑南西川节度使。八年召还秉政。元和十年六月三日，早朝途中为盗所害。赠司徒，谥忠愍。有《临淮集》十卷。《全唐诗》编其诗二卷。

题嘉陵驿[1]

悠悠风旆绕山川[2]，山驿空濛雨似烟。路半嘉陵头已白，蜀门西上更青天[3]。

①唐宪宗元和二年，因蜀乱新平，武元衡以门下侍郎平章事，出为剑南西川节度使。时已届知天命之年，行至嘉陵驿，遂题此诗。嘉陵驿，在西县（今陕西勉县、宁强一带）境。

②“旆（pèi）”，旗帜的通称。

③这两句写职任之重、蜀道之难。剑南西川节度治所在益州（今四川成都），而嘉陵驿适在长安、益州两地正中，故曰“路半嘉陵”。蜀门更青天云云，言蜀道难也。

元和癸巳，余领蜀之七年，奉诏徵还，二月二十八日清明途经百牢关因题石门洞[①]

昔佩兵符去，今持相印还。天光临井络[②]，春物度巴山。
鸟道青冥外[③]，风泉洞壑间。何惭班定远，辛苦玉门关[④]。

①元和初，高崇文平蜀，为节度，然不知吏治，诏武元衡以门下侍郎平章事，为剑南西川节度使。在蜀其间，元衡绥靖约束，俭己宽民，重慎端谨，蜀地大治。元和八年（823），召还秉政，此诗是其还京时途经百牢关时所作，得意之情溢于言表。“元和癸巳”，即元和八年（813）。“奉诏徵还”，奉皇帝之命返京。徵，徵召。“百牢关”，关名，隋开皇中置，以蜀路险故曰百牢关。地在今陕西勉县西南。一云置在“百牢谷”。

②“井”，星宿名，是秦地的分野。（古人认为地上某些地区与天上某些星宿相应，称分野。）“络”，缠绕，围绕。巴山，在今陕川鄂交界地区，东西长约千里。

③“鸟道”，见李白《蜀道难》注④。

④“班定远”，即东汉大将班超。明帝永平十六年，班超经玉门关出使西域，使西域五十馀城国获得安宁。其在西域三十一年，官至西域都护，封“定远侯”。这两句是说，自己的七年领蜀之功与班超之功相较，了无愧色。南朝梁时，大将曹景宗在钟离之战中大败北魏军队，得胜回朝后以“竞”“病”二字为韵作诗云：“去时儿女悲，归来笳鼓竞。借问行路人，何如霍去病?”武元衡与曹景宗的得意之情，何其相似！

权德舆

权德舆（759—818），字载之，秦州（今甘肃天水）人，以文章进身。德宗朝官至中书舍人，宪宗初为兵部侍郎，太子宾客，元和间官礼部尚书，同中书门下平章事。其诗工古调乐府，雅正赡缛，有的绝似盛唐。《全唐诗》编其诗十卷。

玉山岭上作[①]

悠悠驱匹马，征路上连冈。晚翠深云窦[②]，寒苔净石梁。
荻花偏似雪，枫叶不禁霜。愁见前程远，空郊下夕阳[③]。

①“玉山”，在蓝田县东，其山产玉，故名。

②“云窦”，云团的中空处。窦，孔洞。

③“郊”，去都城百里为郊，泛指郊外、野外。玉山去长安百里。

羊士谔

羊士谔，德宗贞元元年（785）进士及第。顺宗时，任宣歙巡官，被执政柄者王叔文所恶，贬汀州宁化尉。宪宗元和初，擢为监察御史，知制诰。后出为资州刺史。《全唐诗》编其诗一卷。

褒城驿池塘玩月[1]

夜长秋始半，圆景丽银河[2]。北渚清光溢，西山爽气多。鹤飞闻坠露，鱼戏见增波[3]。千里家林望，凉飙换绿萝[4]。

①“褒城”，唐县名，故城在今陕西勉县东北。该驿在县境。

② 首二句言玩月时在中秋。“圆景”，圆月、满月。“银河”，天河。

③ 这四句言玩月所见所闻所感。“渚”，水边。“清光”，月光。杜甫《一百五日夜对月诗》：“斫却月中桂，清光应更多。”可参读。

④ 末二句又作怀乡之思，佳节思亲，人之常情。“飙（biāo）”，风。“绿萝”，指某些地衣类植物，如茑萝、女萝等。

赴资阳经嶓冢山[1]

宁辞旧路驾朱轓，重使疲人感汉恩[2]。今日鸣驺到嶓峡，还胜博望至河源[3]。

① 作者于元和三年（803）被诬而贬资州刺史，经嶓（bō）冢山赴资州，

遂作此诗。嶓冢山，在今陕西宁强县境，汉水发源地。

② 这两句说重经嶓冢山的缘由。“宁”，宁可，宁愿。“轓（fān）”，车的通称。“疲人”，作者自指。此中有两义：其一，鞍马劳顿，故身疲；其二，被诬而贬，故心疲。“汉恩”，代指唐帝之恩，似有微怨意。

③ 这两句说在嶓冢山的感受。“鸣驺”，谓贵官出行。鸣，喝道声。驺，驾车的人。“博望”，指汉代博望侯张骞。“河源”，黄河之源。《汉书·西域传》中说，河有二源，一出于阗（汉代西域城国，在今新疆和田县一带），一出葱岭。张骞奉命出使西域，已过葱岭。故而司马迁说他“游大夏（古国名，在今阿富汗北部），穷河源”。

韩　愈

韩愈（768—824），字退之，河南河阳（今河南孟州）人。他常据先世郡望自谓昌黎人，世称韩昌黎。德宗贞元进士，才高，又好直言，屡被出贬。初为监察御史，上疏极论时事，贬阳山令，宪宗元和中，随裴度讨淮西，以功迁刑部侍郎。元和十四年（819），宪宗遣使迎佛骨入禁中，他上表极谏，触怒宪宗，被贬为潮州刺史。穆宗时官至吏部侍郎，故后世称韩吏部。与柳宗元同为古文运动倡导者，其散文被列为唐宋八大家之首。其诗豪放，不避粗险，驱驾气势，若掀雷挟电，撑抉于天地之间，在李杜之后，创建了新的流派。《全唐诗》编其诗十卷。

南山诗[①]（节选）

吾闻京城南，兹惟群山囿。东西两际海，巨细难悉究[②]。
山经及地志，茫昧非受授[③]。团辞试提挈，挂一念万漏[④]。
欲休谅不能，粗叙所经觏。尝升崇丘望，戢戢见相凑[⑤]。
晴明出棱角，缕脉碎分绣。蒸岚相澒洞，表里忽通透[⑥]。
无风自飘簸，融液煦柔茂。横云时平凝，点点露数岫[⑦]。
天空浮修眉，浓绿画新就。孤撑有巉绝，海浴褰鹏噣[⑧]。
春阳潜沮洳，濯濯吐深秀。岩峦虽崒崒，软弱类含酎[⑨]。
夏炎百木盛，荫郁增埋覆。神灵日歊歔，云气争结构[⑩]。
秋霜喜刻轹，磔卓立癯瘦。参差相叠重，刚耿陵宇宙[⑪]。
冬行虽幽墨，冰雪工琢镂。新曦照危峨，亿丈恒高袤[⑫]。
明昏无停态，顷刻异状候[⑬]。

①“南山”，即终南山，在秦岭中部，长安城南，又泛称秦岭、秦山。

② 这四句写南山的地理和山势。“囿”，限制。“际海”，直到海边。

③ 这两句言典籍中对南山茫昧无记载。“茫昧”，幽暗不明。“受授”，接受和给予，犹交接。

④ 这两句说欲写诗记之，却有挂一漏万之虞。“团辞”，凝聚文辞，指作诗。

⑤ 这四句说登山之事欲罢不能，故将登南山所遇见之事粗略记之。“经觏（gòu）”，遇见。“崇丘”，高丘。“戢戢”，聚集貌。

⑥ 这四句写见南山之感受。“出棱角”，山势峥嵘也；“碎分绣”，缕脉溢美也。“相澒（hòng）洞”，言蒸岚相连不断也；“忽通透”，言表与

里直视无碍也。洞，弥漫无际貌。

⑦ 这四句言山气仙风拂拂。无风自飘簸，云岚动也；融液煦柔茂（草木），其脂甘也；横云时平凝，山雄伟也；点点露数岫，见缥缈也。

⑧ 这四句言南山之气韵。“浮修眉（指新月）”，上天之奇也；“画新就”，浓绿之功也。“有巉绝”，孤撑之力也；“褰（qiān）鹏噣（zhòu）”，海浴鸟喙也。褰，张开。噣，鸟喙。

⑨ 这四句写春日之南山。阳气潜入低湿之处，肥泽而吐深秀也；岩峦虽显高峻，软弱而类似口含美酒也。“沮洳”，指地低湿。“濯（zhuó）濯”，肥泽貌。“律崒（lǜ zú）”，山高耸貌。“酎（zhòu）”，醇酒。

⑩ 这四句写夏日之南山。夏日炎炎，百木盛也；盛荫遮蔽，埋覆增也。神灵吐气，热气升也；云气意浓，争结构也。“歊（xiāo）”，气上升貌。“歔（xū）”，鼻口出气。“结构”，结合构造。

⑪ 这四句写秋日之南山。喜刻（深入）轹（lì，敲打）者，霜威重也；立癯瘦者，见卓立也。重重叠叠者，因不一致也；傲然宇宙者，因坚硬刚直也。“磔（zhé）卓”，卓立貌。“参差”，不一致。“刚耿”，坚硬刚直。“陵”，侵侮。

⑫ 这四句写冬日之南山。山色深暗，在冬季也；工于琢镂，冰雪性也。险峰披彩，旭日照也；山势雄峻，亿丈高也。“琢镂”，雕刻。

⑬ 这两句叙南山景象时时不同。“状候”，形状和物候。

左迁至蓝关示侄孙湘①

一封朝奏九重天，夕贬潮州路八千②。欲为圣朝除弊事，肯将衰朽惜残年③。云横秦岭家何在，雪拥蓝关马不前④。知汝远来应有意，好收吾骨瘴江边⑤。

①韩愈以儒家正统自命，以辟佛为己任。元和十四年（819），宪宗遣使迎佛骨入禁中（皇宫）供奉，韩愈上表极谏，触怒宪宗。赖裴度、崔群力救，乃由刑部侍郎贬潮州刺史。这首诗就是在谪途中经蓝关时所作。“左迁”，降职。古以右为尊，左为卑，故云。“蓝关”，蓝田关，在蓝田东南秦岭山中。唐诗中常把商於古道的北段即从蓝田关至牧护关称为蓝关古道。“湘”，韩湘，是韩愈之侄韩老成的儿子，韩愈的侄孙，登长庆三年（823）进士第。

②首两句言致罪之由。“封”，即封事，谓密封的奏章。古代百官上书奏机密事，为防泄漏，用皂囊封缄进呈，故称封事，也称封章。此指《谏迎佛骨表》。“九重天”，指宫阙。《楚辞·九辩》：“君之门以九重。”“潮州”，故治在今广东潮州市潮安区。一本作“潮阳”。

③这两句言报国之诚。“圣朝”，指宪宗，当时被誉为中兴之主。“弊事”，指迎佛骨事。“肯”，等于说岂肯。“将”，拿。“惜残年”，爱惜残年之生命。时韩愈五十二岁，故曰“残年”。“圣朝”一作“圣明”。

④这两句言英雄失路，谪途之艰。“家何在”，因其被逼仓促先行，故云“家何在”。“家何在”三字，饱含血泪。“拥”，阻塞。

⑤末两句言抛骨之悲。“汝”，指韩湘，韩湘是韩愈兄子韩老成的儿子。“瘴江”，旧指岭南有瘴气的江河。“瘴江边”，此处指潮州。

武关西逢配流吐蕃[1]

嗟尔戎人莫惨然，湖南地近保生全[2]。我今罪重无归望，直去长安路八千[3]。

① 诗题下原有注："谪潮州时途中作。""武关"，战国时秦之南关，在今陕西省丹凤县东南。此诗是写给吐蕃配流之人的。自见同病相怜之心。"配流"，即流配。把犯人发配到边远的地方。"吐蕃（bō）"，我国古代藏族所建的地方政权。音转为"土伯特"。

② 前两句安慰戎人。"嗟"，叹词。表示忧叹，感叹。"戎人"，古代泛指我国西部少数民族，这里指吐蕃。

③ 后两句哀叹自己。"路八千"，言被贬之地潮州与长安之距离。

去岁自刑部侍郎以罪贬潮州刺史，乘驿赴任，其后家亦谴逐，小女道死，殡之层峰驿旁山下，蒙恩还朝，过其墓留题驿梁[1]

数条藤束木皮棺，草殡荒山白骨寒[2]。惊恐入心身已病，扶舁沿路众知难[3]。绕坟不暇号三匝，设祭惟闻饭一盘[4]。致汝无辜由我罪，百年惭痛泪阑干[5]。

① 元和十四年（819）正月，韩愈因谏迎佛骨触怒宪宗，被贬潮州，随之其妻儿亦被谴逐。他的小女儿年方十二，病卧在床，闻父被贬，惊恐入心，病情加重。上路之后，风餐露宿，翻山越岭，备受折磨，在这年二月二日，"死于穷山"，葬于层峰驿旁山下。元和十五年（820）正月，宪宗被宦官毒死，穆宗继位后，韩愈于该年九月被召回京，任国子祭酒。经过层峰驿旁亡女墓时，写下这首悲痛欲绝之诗。层峰驿在商州东南二百馀里处（即今之商南县城西）。

② 这两句悲痛小女儿葬于荒山。"草殡"，草草埋葬。

③ 这两句痛言小女儿之死因。“惊恐入心”，既因父贬，又兼家人被谴逐，小女儿难以承受。“扶舁（yú）”，扶着舆。“舁”，借作“舆”。“众知难”，众人都知道路途艰难。

④ 这两句写自己忍痛祭女。“绕坟”句，环绕坟墓一周叫一匝。“不暇”，忙不过来。指悲痛而踉跄绕坟。

⑤ 末两句是说对女儿之死永远惭痛。“致汝”句，言自己获罪而祸及无辜的小女。致，招致。辜，罪。泪阑干，老泪纵横。

欧阳詹

欧阳詹（755—800），字行周，泉州（今属福建）人，常衮荐之，始举进士。闽人擢第自欧阳詹始。官国子监助教。有集十卷。《全唐诗》编其诗一卷。

题秦岭[①]

南下斯须隔帝乡[①]，北行一步掩南方[②]。悠悠烟景两边意，蜀客秦人各断肠[③]。

①“斯须”，很短的时间。“帝乡”，指京城长安。

②“掩南方”，指秦岭遮掩（即挡住）了南方。

③ 末两句说，风景秀丽的秦岭，是蜀客和秦人伤心断肠的地方。“两边意”，指蜀客的“北行”和秦人的“南下”之意。皆因其愈行愈远，

故曰“断肠”。欧阳詹在京仕途不畅而去蜀，故客居蜀地之失落，留居秦地之困窘，皆致“断肠”之由。

自南山却赴京师，石臼岭头即事寄严仆射[①]

鸟企蛇盘地半天，下窥千仞到浮烟[②]。因高回望沾恩处[③]，认得梁州落日边[④]。

①“石臼岭”，在长安之南的山中。“严仆射”，指严武。时严武为剑南节度使，后追赠尚书左仆射（宰相之职）。

② 这两句言石臼岭之高。“企”，踮起脚跟。“地半天”，地在半天。“仞”，古代长度计量单位，一仞为八尺或七尺。

③“沾恩”，指沾严仆射恩泽。

④ 梁州在长安之西方，故云。“梁州”，州名。故治在今陕西省汉中市汉台区。梁州为作者沾恩之处。“落日边”，西边。

柳宗元

柳宗元（773—819），字子厚，河东解州（今山西永济）人，世称柳河东。德宗贞元九年（793）进士及第，累官监察御史里行。顺宗时，参加了主张革新的王叔文集团，任礼部员外郎。宪宗立，此革新集团遭旧势力猛烈反击而惨败，柳宗元被贬为永州司马，十年后改为柳州刺史，故又称柳柳州。为“唐宋八大家”

之一，与韩愈同倡古文运动，二人并称“韩柳”。其诗语意深切，苏轼论其诗：“发纤秾于简古，寄至味于淡泊，非馀子可及也。”可谓的评。有《河东先生集》。《全唐诗》编其诗四卷。

商山临路有孤松，往来斫以为明，好事者怜之，编竹成楥，遂其生植，感而赋诗①

孤松停翠盖，托根临广路②。不以险自防，遂为明所误③。
幸逢仁惠意，重此藩篱护④。犹有半心存⑤，时将承雨露⑥。

① 本篇作于诗人二次被贬途中。因其参与“永贞革新”，被贬永州十年，元和十年（815）二月底奉命返京，谁知三月又被贬为柳州刺史。“十年憔悴到秦京，谁料翻作岭外行。”行至商州，作这首托物言志诗。结之以“承雨露”，语意双关，以被斫之松喻己也。

②“临广路”，临近交通要道。

③ 这句说，孤松被砍斫，因松明子可作火把照明，故曰“遂为明所误”。

④ 这两句说，好事者编竹篱以护是仁惠之意。“藩篱”，篱笆。

⑤“半心存”，因孤松被斫得仅剩一半，故云。

⑥ 这句说，孤松将希望寄托在“雨露”的关照上。

刘禹锡

刘禹锡（772—842），字梦得，洛阳（今属河南）人。自言系出中山（今河北境内）。贞元九年（793）进士，官监察御史。顺宗时因参加主张革新的王叔文集团，宪宗时即被贬朗州司马，又谪连州刺史。后因裴度力荐，任太子宾客，加检校礼部尚书，世称刘宾客。刘禹锡不仅是当时进步的政治家，且是哲学家、思想家，又是杰出的诗人，其诗作多豪雄之气，绝无小儿戚戚之语。被誉为“诗豪”。白居易评刘禹锡的诗：“其锋森然，莫敢当者。”《全唐诗》编其诗十二卷。

华山歌

洪垆作高山，元气鼓其橐①。俄然神功就，峻拔在寥廓②。
灵迹露指爪，杀气见棱角。凡木不敢生，神仙聿来托③。
天资帝王宅，以我为关钥④。能令下国人，一见换神骨。
高山固无限，如此方为岳⑤。丈夫无特达，虽贵犹碌碌⑥。

① 这两句是说，华山乃天地所造，充斥着元气。“洪垆”，犹言天地。“垆”通“炉”。《庄子·大宗师》：“今一以天地为大炉，以造化为大冶。”“高山”，指华山。“元气”，指天地未分之前的混一之气。“橐（tuó）”，盛物的袋子。此处指天地造华山时，以元气充持其间。

② 这两句言天地造华山成功。“俄”，一会儿。“神功就”，指造山成功。“峻拔”，高峻。“寥廓”，旷远，广阔。

③ 这四句说华山的特质。“灵迹露指爪”，河神巨灵分擘华山留下的手掌，即东峰仙人掌。“杀气”，凶恶的气势。“棱角”，物体的边角或尖

角。此指陡峭的山峰。“神仙聿来托”，言神仙亲自托扶着华山。“聿(yù)”，语气助词，用于句首或句中。

④ 此四句皆代华山所言。“天资”，上天给予。“帝王宅”，帝王建都的地方。“我”，指华山。“关钥”，关中的锁钥。“下国人”，即世上之人。因华山高峻，俯视人世，故有是称。“一见换神骨”，一见到华山，就会产生超凡脱俗之感受。

⑤ 这两句言华山出类拔萃。“固无限”，所以多得数不清。“此”，指华山。“岳”，高大的山，意即华山才是可以称得上“岳”的大山。

⑥ 末两句以感慨作结，意为大丈夫应像华山一样超拔于群山。“特达”，独出于众，特殊。“碌碌”，平庸无能。

终南秋雪①

南岭见秋雪，千门生早寒②。闲时驻马望，高处卷帘看。
雾散琼枝出，日斜铅粉残③。偏宜曲江上，倒影入清澜④。

① 见祖咏《终南望馀雪》注②。

② 于终南山而言，雪本冬日之物，却于秋季来临，异寒所逼，千门皆知，故曰“千门生早寒”。

③ 这四句写望雪。“琼枝”，秋树披雪之状。“铅粉残”，因日照消融，剩下的残雪，恰似妇人化妆时所搽的铅粉已经残缺不全。

④“曲江”，即曲江池。在长安城东南，有河水水流曲折，故称曲江，是唐代游赏胜地。“倒影”，指终南山在曲江中的倒影。“清澜”，清清的波浪。

孟　郊

孟郊（751—814），字东野，洛阳（今属河南）人，少年时隐居嵩山，韩愈一见为忘形交。孟郊屡困科场，四十六岁才中进士，曾任溧阳尉、协律郎等职。他一生穷愁潦倒，多寒苦之音，苏轼评价“诗从肺腑出，出辄愁肺腑”。尽管有时横空盘硬语，但总体来说，其诗风质朴而深挚，是对大历已来空洞平庸诗风的矫正，并获得诗歌创作上的独特成就。《全唐诗》编其诗十卷。

商州客舍①

商山风雪壮，游子衣裳单。四望失道路，百忧攒肺肝②。
日短觉易老，夜长知至寒③。泪流潇湘弦④，调苦屈宋弹⑤。
识声今所易，识意古所难。声意今讵辨，高明鉴其端⑥。

① 孟郊屡困科场，唐德宗贞元十一年（795）四十五岁的他第三次到长安应试，行至商州，遂作此诗。

② “风雪壮”，风雪大。壮，大。“失道路”，因大雪封山看不见道路，故云失。“攒”，聚焦。

③ “至寒”，极寒。

④ 这句言拨弦之悲伤。“潇湘”，旧诗作中常指泪水。其来源或与舜帝之二妃娥皇女英有关。舜死于苍梧，二妃哭之，泪洒竹上，竹为之斑。故有拨弦之泪流。

⑤ 这句言弹调之苦。“屈宋”，指战国时楚国诗人屈原和宋玉。二人之诗

多抒悲伤之情，故曲调苦涩。

⑥ 这四句以识声识意之难易作辨，认为高明者方能分辨清楚。这固然是说乐曲之声，其实有弦外之意，即希望自己的应试能得到考官的赏识。说来也巧，孟郊应试一而再，再而三，这次果然及第。第二年春榜发，孟郊于是有了《登科后》的“春风得意马蹄疾”。

游终南山

南山塞天地，日月石上生①。高峰夜留景，深谷昼未明②。山中人自正，路险心亦平③。长风驱松柏，声拂万壑清。即此悔读书，朝朝近浮名④。

①“南山”，指终南山，此处泛指关中南部之山。“塞天地”，极言终南山之高大。这两句说，终南高大峻极，吞吐日月。

②“高峰”句下原注：“太白峰西，黄昏后见馀日。”“夜留景”，极言高峰突出，入夜后山顶尚有阳光。“景”，同“影”。“昼未明”，言谷深光线被大山所遮挡，故有未明之感。

③ 这两句说，山路虽险，但山中人心却淳朴平正。“人自正”，言山中人少受红尘之扰也。“心亦平”，言山路虽险而从容以应也。

④ 这两句说，读书人不免营求功名，不可能独处深山。而处在山中，自然“悔读书”了。“即”，到。

终南山下作

见此原野秀，始知造化偏①。山村不假阴，流水自雨田②。

家家梯碧峰，门门锁青烟。因思蜕骨人，化作飞桂仙[3]。

①“造化”，指自然的创造化育。造化偏，言造化对此处特别偏爱，意即风景优美。

②“不假阴”，不借树木荫凉（因有山也）。“流水”句是说水可溉田（溉田如天雨也）。“自”，一作“日”。

③“蜕骨人”，指传说中的仙人赤须。“桂仙”，指传说中的仙人桂父。晋代左思《吴都赋》：“桂父练形而易色，赤须蝉蜕而附丽。”注：《列仙传》曰：“桂父，象林人也。常服桂叶，以龟脑和之，颜色如童。”“蜕骨”，道家所谓脱去凡骨。这两句是说，自己希望像赤须蝉蜕而附于桂父那样，来到终南山下住居。

游华山云台观[1]

华岳独灵异[2]，草木恒新鲜。山尽五色石，水无一色泉。仙酒不醉人，仙芝皆延年[3]。夜闻明星馆，时韵女萝弦[4]。敬兹不能寐，焚柏吟道篇[5]。

① 华山云台观，是道教宫观，在华山谷口内约一公里处。主祠西岳华山之神。

②“灵异”，神灵奇异。

③“仙芝”，仙草，即灵芝草，服之有益于人体康健。

④“明星馆”，以华山仙女明星命名之馆，即中峰的明星玉女祠。“女萝弦”，美女弹拨之弦。女萝，地衣类植物，靠依附他物而生长。色青而长，无杂蔓，带状，如同乐器的琴弦，故云。《楚辞·九歌·山

鬼》："若有人兮山之阿，被薜荔兮带女罗。"王逸注："罗，一作萝。"此处描述风吹松动之声，就像明星馆中玉女弹奏的乐曲。

⑤"敬兹"，兹，代词。指代玉女馆中传来的仙乐。"焚柏"，焚柏叶以敬道家所供奉的天尊。"吟道篇"，因华山是道教之山，故吟诵关于道教的诗文。

张 籍

张籍（约767—约830），字文昌，祖居苏州，后移居和州（今安徽和县）。贞元十四年（798）进士及第，历任太常寺太祝、水部员外郎、国子司业等职，故世称张水部或张司业。张籍最工乐府诗，风雅比兴之外，不发空泛议论，清丽而深婉，其五古、近体，在中唐也最为蕴藉。《全唐诗》编其诗五卷。

使至蓝溪驿寄太常王丞

独上七盘去，峰峦转转稠②。云中迷象鼻，雨里下筝头③。
水没荒桥路，鸦啼古驿楼。君今在城阙，肯见此中愁④。

①"蓝溪驿"，在蓝田山之蓝桥驿和蓝田关之间。"太常"，官名，司祭祀礼乐之职。王丞，指王建。作者张籍时任水部员外郎，出差过蓝田时所作，时间在长庆二年到三年间（822—823）。

②"七盘"，即七盘岭。距蓝田县城二十里，是由长安入商於道的第一道

险阻。“转转”，渐渐。

③ 这两句是说，云中雨中在山路上行走，很是艰难。“象鼻”“筝头”皆言峰之形状。

④ 最后两句发问，再述驿路之愁苦。“城阙”，指长安的城垣宫阙。“阙”，宫门前的望楼。

太白老人[①]

日观东峰幽客住[②]，竹巾藤带亦逢迎。暗修黄箓无人见，深种胡麻共犬行[③]。洞里仙家常独往，壶中灵药自为名[④]。春泉四面绕茅屋，日日唯闻杵臼声[⑤]。

①“太白老人”，一作“太白山老人”。太白，即太白山，见常建《梦太白西峰》注①。本篇描写老人与世无争、闲适清静的生活。

②“幽客”，隐居的人。指太白老人。

③“黄箓（lù）”，道教醮名。设土普祭天神、地祇、人鬼，用以忏罪祈福。“修黄箓”，即修道。“胡麻”，又名油麻、芝麻，籽可榨油。

④“洞里仙家”，仙人好住洞壑，故云洞里仙家。此处指太白老人。“灵药”，灵验的药。

⑤“杵臼（jiù）”，杵与臼，杵为舂捣粮食或药物的棒槌；臼用石头或木头制成，中部凹下。此处应指舂药。

赠商州王使君[①]

衔命南来会郡堂，却思朝里接班行[②]。才雄犹是山城守[③]，道薄初为水部郎[④]。选胜相留开客馆[⑤]，寻幽更引到僧房。明朝从此辞君去，独出商关路渐长[⑥]。

①“王使君”，指王凝。曾官礼部侍郎，因刚直，得罪权贵，元和中被贬为商州刺史。使君，汉以后对州郡长官的称谓。

②“衔命”句，作者奉命赴南方，在商州办完公务，以此诗赠王使君。“衔命”，领命。“郡堂”，刺史衙署。“却思”句，写二人仍眷念朝中之事。“班行（háng）”，班列。

③ 此句为王使君鸣不平。“山城守”，即山区商州的太守。

④ 此句系自嘲。“道薄”，为道之力薄弱。“水部郎”，指自己仅官水部员外郎。

⑤“选胜”，寻游名胜之地。

⑥“商关”，指武关。

李 贺

李贺（790—816），字长吉，福昌（今河南宜阳）人。唐皇室远支，家世早已没落，生活困顿。因其父名晋肃，“晋”“进”同音，排挤他的人就说：“父名晋肃，子不得举进士。”被迫不得应进士考试。早慧，工诗，韩愈、皇甫湜颇奇其才。曾官奉礼郎，二十七岁早殁。李贺天才俊拔，弱冠即极擅名，其诗既表现对黑暗现实的不满，也表现自己壮志难酬的悲愤，善于熔铸词采，驰骋想象，创造出新奇瑰丽的诗境，以积极浪漫主义精神，在诗歌史上卓然自成一家。严羽《沧浪诗话》中说：“天地间自欠此体不得。”有《昌谷集》。《全唐诗》编其诗五卷。

老夫采玉歌[①]

采玉采玉须水碧，琢作步摇徒好色[②]。老夫饥寒龙为愁，蓝溪水气无清白[③]。夜雨冈头食蓁子，杜鹃口血老夫泪[④]。蓝溪之水厌生人，身死千年恨溪水[⑤]。斜杉柏风雨如啸，泉脚挂绳青袅袅[⑥]。村寒白屋念娇婴，古台石磴悬肠草[⑦]。

① 本篇写一位上了年纪的人为官家采玉之状：冒着生命危险，险状也；饥寒交迫，苦状也；无可奈何而采玉，更见可怜可悯之状也。

②“水碧”，碧玉名。“步摇”，妇女用的首饰，行步时摇动，故名。“徒好色”，只是为了好看。

③“蓝溪”，在蓝田县（今属陕西）蓝田山中。这两句是说，老夫下蓝溪采玉，乃为生计所迫。溪水被老夫采玉搅得混浊，无清白之时，水中之龙也烦恼不已。

④ 这句言食野果而宿冈头，使老夫极度伤心，泪中带血。“蓁子”，即榛子，似栗而小，可食。“杜鹃”，鸟名，相传它啼声甚苦，吻上有血。

⑤ 这两句说溪水与人互生厌恨。水厌人者，因人搅混溪水；人厌水者，因采玉而被其夺去性命。恨溪水，实恨官吏也。王琦《汇解》：“夫不恨官吏，而恨溪水，微词也。”

⑥“泉脚”，指风雨中崖石上流下的一道道水。这句是说，老夫将绳子挂于泉脚之间，自己系绳从山上缒下，直到溪中去采玉。泉脚和缒绳都

在风雨中"袅袅"（摇摆）不定。

⑦"白屋"，指穷人的简陋房屋。"石磴"，石级。"悬肠草"，蔓生植物，又名"思子蔓"。这两句说，老夫看到古台石磴边的悬肠草，感物思人，就想念起家中娇弱的幼儿。

元　稹

元稹（779—831），字微之，洛阳（今属河南）人。年十五擢明经科，补校书郎。元和初，对策第一，拜左拾遗，历监察御史。因与宦官及守旧官僚斗争，贬江陵士曹参军。后转而依附宦官，官至同中书门下平章事。其后被贬，最后以暴疾卒于武昌军节度使任所。元稹与白居易齐名，世称"元白"。其诗反映现实多而有力，题材广泛，言浅而思深，词微而意显。成为所谓通俗诗派的旗帜，是中唐新乐府运动中仅次于白居易的人物，有《元氏长庆集》。《全唐诗》编其诗二十八卷。

褒城驿[①]

严秦修此驿，兼涨驿前池。已种千竿竹，又栽千树梨[②]。
四年三月半，新笋晚花时[③]。怅望东川去，等闲题作诗[④]。

①本篇是过褒城驿感念修驿人严秦所作。"褒城"，县名，属汉中郡，故城在今陕西勉县东北。驿在县境。

②题下原注："军大夫严秦修。""又"，一作"更"。

③这两句是说经过此驿的时间，是在使东川途中。"晚花"，一作"牡丹"。

④"等闲"，寻常，随便。"怅望"，一作"恩向"。"等闲"，一作"偶然"。"作"，一作"此"。

华岳寺①

山前古寺临长道，来往淹留为爱山。双燕营巢始西别②，百花成子又东还③。暝驱羸马频看堠④，晓听鸣鸡欲度关⑤。羞见窦师无外役，竹窗依旧老身闲⑥。

①华岳寺，在华山下。题下有注云："贞元二十年正月二十五日，自洛之京，二月三日春社，至华岳寺，憩窦师院，曾未逾月，又复徂东，再谒窦师，因题四韵而已。"

②"双燕营巢"，指西去长安路过岳寺时，见屋梁上双燕正在筑巢，点出仲春二月。

③"百花成子"，百花结子，点明暮春三月由洛阳回长安路过华岳寺。

④"堠（hòu）"，计里程的土堆。

⑤"关"，指潼关。亦暗含孟尝君过函谷关典故。

⑥这两句说，窦师僧人，无外役而身合闲也；元稹劳人，身在官场身不由己也。相形之下，动不如静，故曰"羞见"。"外役"，出行外地的差事。

使东川（选八首）

骆口驿二首（选一首）[①]

二星徼外通蛮服[②]，五夜灯前草御文[③]。我到东川恰相半，向南看月北看云。

① 元和四年三月七日，元稹以监察御史身份使东川（治所在今四川省三台县），途中赋七言诗二十二首，命曰《使东川》。本篇为第二首。“骆口驿”，即骆谷入口处之驿站。地在今陕西周至西南。

②“二星”，指井星和参星，古代以星宿分野。秦蜀分别为井、参二星宿之分野。“徼外”，境外，塞外。“通蛮服”，古代相传距天子最远的地带。此处指东川。

③“五夜”，一夜分甲、乙、丙、丁、戊五段，即五更。“草御文”，起草御史之文书，作者时任监察御史。故云。

清明日[①]

常年寒食好风轻，触处相随取次行[②]。今日清明汉江上，一身骑马县官迎[③]。

① 本篇是清明时行至汉上之作，忆与白居易等人同游。题下原注：“行至汉上，忆与乐天、知退、杓直、拒非、顺之辈同游。”

②“寒食”，节令名，在清明前一日或二日。“取次”，任意，随便。

③“县官迎”，县官出迎御史也。

梁州梦[1]

梦君同绕曲江头，也向慈恩院院游。亭吏呼人排去马[2]，忽惊身在古梁州[3]。

① 本篇为第五首，其题下注云：“是夜宿汉川驿，梦与杓直（李建）、乐天（白居易）同游曲江，兼入慈恩寺诸院。倏然而寤，则递乘及阶，邮吏已传呼报晓矣。”

②“亭吏”，即邮吏，驿站小官。“排去马”，安排出行的马匹。

③“古梁州”，梁州在唐德宗兴元元年（784）已升为兴元府，元稹出使东川日，在宪宗元和四年（809），故曰“古梁州”。

南秦雪[1]

帝城寒尽临寒食[2]，骆谷春深未有春[3]。才见岭头云似盖，已惊岩下雪如尘。千峰笋石千株玉，万树松萝万朵银。飞鸟不飞猿不动，青骢御史上南秦[4]。

① 本篇为第六首，言风雪中由骆谷而达到南秦。“南秦”，南秦州，南朝宋置，治在今陕西省汉中市汉台区。

②“帝城”，指京城长安。“寒食”，节令名，在清明前一日或二日。这句是说，到寒食节令时，长安寒冷季节已结束。

③“骆谷”，见岑参《酬成少尹骆谷行见呈》注①。“春深”，犹言春事已深。“未有春”，未见春天。这句是说，骆谷气寒，虽时至暮春却无春日气息。

④“青骢御史”，骑青骢马的御史，指元稹。

汉江上笛[1]

小年为写游梁赋[2]，最说汉江闻笛愁。今夜听时在何处，月明西县驿南楼[3]。

① 本篇为第十首，忽忆当年事，“有怆耳”。

② 这句的意思，原诗题下有注：“二月十五日夜，于西县白马驿南楼闻笛怅然。忆得小年曾与从兄长楚写《汉江闻笛赋》而有怆耳。”

③“西县”，隋大业二年（606）改嶓冢县置，以县西南有西乐城得名。治所在今陕西勉县西五十里的新铺附近。“驿”，指白马驿。

嘉陵江二首[1]

秦人惟识秦中水，长想吴江与蜀江[2]。今日嘉川驿楼下，可怜如练绕明窗[3]。

千里嘉陵江水声，何年重绕此江行。只应添得清宵梦，时见满江流月明[4]。

①“嘉陵江”，水名。源出今陕西凤县嘉陵谷，经四川、重庆入长江。

②“吴江”“蜀江”，泛指吴地和蜀地的江河。

③“可怜”，可爱。

④“流月明”，言皓月当空，江面波光粼粼，如月光流动。

西县驿[①]

去时楼上清明夜，月照楼前撩乱花。今日成阴复成子[②]，可怜春尽未还家。

① 本篇为第十八首，叹逆旅未还家。“西县”，见《汉江上笛》注③。

②“阴”，即荫。

遣行十首（选一首）[①]

七过褒城驿，回回各为情。八年身世梦[②]，一种水风声。寻觅诗章在，思量岁月惊[③]。更悲西塞别[④]，终夜绕池行。

① 元和四年，元稹以监察御史身份使东川后，因得罪宦官与守旧官僚，先贬江陵士曹参军，再贬通州（今四川达州）司马。愤而作《遣行十首》。本篇是第六首，写七过褒城驿的感慨。

②“八年身世梦”，《旧唐书·元稹传》云：元稹“既以俊爽不容于朝，流放荆蛮者近十年”，可参稽。此等遭遇，自然如同做梦一样。

③ 这两句是说，每次经过褒城驿，见以前在驿中所题的诗章仍在，而岁月渐渐久长，故曰“惊”。

④“西塞”，指西县关塞。西县，见《汉江上笛》注③。

西归绝句十二首（选三首）

一[①]

五年江上损容颜[②]，今日春风到武关[③]。两纸京书临水读[④]，小桃花树满商山[⑤]。

① 元和五年（810），元稹被贬江陵（县名，今属湖北），至元和十年（815）诏召入京，这十二首绝句就写于西归长安途中。本篇原列第二首，写在武关见契友书信之喜悦。

②“五年”，指作者被贬江陵五年。“损容颜”，减少容颜，意为衰老。作者在另一首诏召入京的《桐孙诗》序中说，五年谪后，“予亦白须两茎，而苍然斑鬓”，亦可作“损容颜”之注脚。

③“武关”，秦之南关，在今陕西省丹凤县东南。

④“两纸京书”，自注：“得复言、乐天书。”指李复言、白居易从京城寄给元稹的书信。

⑤ 此句写作者读友人书信后的喜悦之情。

二[①]

只去长安六日期[②]，多应及得杏花时。春明门外谁相待[③]，不梦闲人梦酒卮。

① 本篇原列第四首，写急切盼望回到长安之情。

②“六日期”，言回长安还有六日路程。

③“春明门”，唐长安城东面有三门，中为春明门。

三[①]

寒花带雪满山腰，著柳冰珠满碧条。天色渐明回一望，玉尘随马度蓝桥[②]。

① 本篇原列中第十二首，写过蓝桥时开朗之心态。

②“玉尘”，喻雪。

白居易

白居易（772—846），字乐天，号香山居士，下邽（今陕西省渭南市临渭区）人，贞元进士，授秘书省校书郎，元和年间任左拾遗及左赞善大夫。因写讽喻诗得罪权贵，宰相武元衡被刺杀后，他上书请亟捕贼，以雪国耻，为当政者所恶，贬江州司马。后被召为主客郎中，知制诰，又出任杭州、苏州刺史，官至刑部尚书。有《白氏长庆集》。白居易是中唐新乐府运动的倡导者，并以三千八百首的诗歌实践，对当时诗歌的发展起了重要作用。他的诗题材广泛，诗风平易通晓，广被传诵，以“讽喻诗”和“感伤诗”最为著名。《全唐诗》编其诗三十九卷。

祗役骆口，因与王质夫同游秋山，偶题三韵[①]

石拥百泉合，云破千峰开。平生烟霞侣[②]，此地重徘徊[③]。今日勤王意[④]，一半为山来。

①此诗是作者为盩厔（今作周至，属陕西）尉时作。时在元和元年(806)。“祗（zhī）役”，奉命任职。“骆口”，即盩厔县西南的骆谷谷口驿站。“王质夫”，即提议白居易作《长恨歌》的人，系其朋友。

②“烟霞侣”，旅游的伴侣。“烟霞”，山水胜景。

③“裴回”，往返回旋。同“徘徊”。

④“勤王”，为王事尽力。

再因公事到骆口驿[①]

今年到时夏云白，去年来时秋树红。两度见山心有愧[②]，皆因王事到山中。

①此诗作于元和二年(807)。“骆口驿”，见该作者《祗役骆口，因与王质夫同游秋山，偶题三韵》注①。

②“心有愧”，是言两到骆口驿，皆因王事，而非游兴发而前去。

送王十八归山寄题仙游寺[①]

曾于太白峰前住，数到仙游寺里来。黑水澄时潭底出[②]，白云破处洞门开。林间暖酒烧红叶，石上题诗扫绿苔[③]。惆怅旧游无复到，菊花时节羡君回[④]。

①“王十八”，即王质夫，他排行十八。白居易任盩厔县尉时，王质夫修道于楼观台。“仙游寺”，见卢纶《过仙游寺》注①。

②“黑水”，即黑河，流经仙游寺附近，北注入渭。

③“石上”句，意谓要题诗石上，先须将石上的绿苔扫净。王质夫曾数次游览仙游寺，最著名的一次，就是元和元年（806）冬十二月和白居易、陈鸿在此游览时，经他提议，促成了在中国文学史上极有影响的诗作《长恨歌》的问世。一年后，白居易调回长安任职，王质夫常去看望他。诗中表现出对仙游寺一带山水的留恋之情。

④“菊花时节”，点明时在九月。“羡”，想慕。“羡”，一作“待”。

游云居寺赠穆三十六地主[①]

乱峰深处云居路，共蹋花行独惜春。胜地本来无定主[②]，大都山属爱山人。

① 此诗是作者官盩厔县尉时作。“云居寺”，在终南山上。“地主”，住在当地，招待来往客人的东道主。这里指穆姓的排行三十六的某人。

②“胜地”，名胜的地方。

同李十一醉忆元九[①]

花时同醉破春愁，醉折花枝当酒筹[②]。忽忆故人天际去，计程今日到梁州。

① 元和四年（809）三月七日，元稹以监察使身份启程往东川（今四川台县，唐时为东川节度使之驻地）去审案，元稹走后，三月十一日，白居易与其弟白行俭，并陇西李杓直（建）游曲江、慈恩寺，饮酒时想念元稹，遂为计算行程而作此诗。“李十一”，即李杓直，十一是其排行。“元九”，元稹，九是其排行。

②“酒筹”，行酒令的用具。“故人”，指元稹。“天际”，指东川。“梁州”，在今陕西汉中一带。

白居易作此诗后不久，元稹寄诗，言果然于当天到达梁州汉川驿，并梦见和他们一道游曲江，遂作《梁州梦》并序（见本书元稹诗）。

初出蓝田路作[①]

停骖问前路，路在秋云里[②]。苍苍县南道[③]，去途从此始。绝顶忽上盘，众山皆下视。下视千万峰，峰头如浪起。朝经韩公坡[④]，夕次蓝桥水[⑤]。浔阳近四千，始行七十里。人烦马蹄跙[⑥]，劳苦已如此。

① 元和十年（815）秋，盗杀宰臣武元衡，京都震扰。身为左赞善大夫

的白居易上疏，请亟捕贼，刷朝廷耻，以必得为期。宰相嫌其越职言事，不悦。俄有言“居易母堕井死，而居易赋《新井篇》，言浮华，无实行，不可用”。被贬为江州司马。此篇是其初出蓝田路所作。

②“停骖”，勒马不前。“路在秋云里”，言路在山上，因高山常有白云，故有此说。

③“苍苍”，深青色。

④“韩公坡”，地名，在入山不远处。韩公，指张仁愿（？—714），他官居相位，封韩国公。此坡与张仁愿故事有关，故命名为韩公坡以纪念。“蓝桥水”，代指蓝桥驿。

⑤“浔阳”，郡名，治所在今江西省九江市。

⑥此句是说人烦马怠。“跙（jù）”，行走困难。

蓝桥驿见元九诗[①]

蓝桥春雪君归日[②]，秦岭秋风我去时。每到驿亭先下马，循墙绕柱觅君诗。

①这首诗是作者贬江州时经由蓝桥驿时所作，可见与元九之情谊。“蓝桥驿”，在蓝田县东南山中（地在今蓝田县蓝桥镇），是唐代由长安经商於通往东南各地的交通要道。“元九”，即元稹，排行为九。

②“蓝桥”句是说元稹西归之日。元和十年春，元稹在被贬江陵士曹参军五年后，奉命西归长安，路过蓝桥驿时，正逢春雪，他在《西归绝句十二首》中有云：“云覆蓝桥雪满溪，须臾便与碧峰齐。”

初贬官过望秦岭[1]

草草辞家忧后事[2]，迟迟去国问前途[3]。望秦岭上回头立，无限秋风吹白须。

① 此诗是被贬途中过望秦岭时所作，见郁郁之心情。“望秦岭”，即秦望山，俗称秦王山，在商州城西九十里处。

②“草草”，草率，急急忙忙。“忧后事”，忧虑后来（将来）之事。

③“去国”，离开国都。“问前途”，语义双关：既问前行之路，又问仕途如何。

仙娥峰下作[1]

我为东南行，始登商山道。商山无数峰，最爱仙娥好。参差树若插[2]，匼匝云如抱[3]。渴望寒玉泉，香闻紫芝草。青崖屏削碧，白石床铺缟[4]。向无如此物，安足留四皓[5]？感彼私自问，归山何不早？可能尘土中，远随众人老？

①“仙娥峰”，在商州城西十里。

②“参差”，不齐貌。

③“匼（kē）匝”，环绕，重叠。

④“削碧”，陡峭如削的碧岩。“缟”，白色，指白云。

⑤“四皓”，见窦常《商山祠堂即事》注③。

棣华驿见杨八题梦兄弟诗[1]

遥闻旅宿梦兄弟，应为邮亭名棣华[2]。名作棣华来早晚，自题诗后属杨家。

①“棣华驿”，商於道上的驿站，在今丹凤县棣花镇。“杨八”，名不详。

②“邮亭”，驿馆，递送文书投止之所。“棣华”，常棣（即棠梨树）之花。《诗经·小雅·常棣》：“常棣之华，鄂不韡韡。凡今之人，莫如兄弟。”《诗序》称此诗为召公宴兄弟所作。后常以指兄弟的情谊。

登商山最高顶[1]

高高此山顶，四望唯烟云。下有一条路[2]，通达楚与秦。或名诱其心，或利牵其身。乘者及负者，来去何云云[3]。我亦斯人徒，未能出嚣尘[4]。七年三往复[5]，何得笑他人。

① 本篇作于穆宗长庆二年（822）。是作者出放为杭州刺史途经商山而作。这已是其六过商山了。

②“路”，指商於道。

③“云云”，众多，纷纷。“及”，一作“与”。“云云”，一作“纷纷”。

④“斯人徒”，与上述那些人属于同类。斯，这，此。徒，指某种人。“嚣尘”，嚣，喧闹；尘，尘土。谓嘈杂而肮脏，也用来指尘世。

⑤“七年三往复”，指作者自元和十年至十五年，再加长庆年间这一次，历时七年，已是三往复了。往复，往返。

白行简

白行简，字知退。贞元末中进士第，系白居易之弟。累官度支郎中。《全唐诗》编其诗七首。

归马华山[①]

牧野功成后，周王战马闲[②]。驱驰休伏皂，饮龁任依山[③]。逐日朝仍去，随风暮自还。冰生疑陇坂，叶落似榆关[④]。蹀躞仙峰下，腾骧渭水湾[⑤]。幸逢时偃武，不复鼓鼙间[⑥]。

① 这首诗借周武王灭纣马放华山事以赞美唐朝当时的相对平安。《尚书·周书·武成》：周武王灭商（殷）纣王后，“乃偃武修文，归马于华山之阳，放牛于桃林之野，示天下弗服”。意思是：周武王在战争结束后，削减武备，发展文教，下令将作战所征用的马放归华山之南，牛放归桃林之野，以示战争结束，希望百姓发展农业生产。

②“牧野”，地名，在今河南淇县南。《尚书·牧誓》记载，周武王与纣曾战于牧野，胜之。后来终于灭殷纣王，建立了周朝。“战马闲”，指马放华山之阳，以此表明其偃武修文，发展农业。

③ 这两句说，不将马牛作战争用具而圈养。“伏皂”，伏槽而食。“皂”，通“槽”，牛马食槽。“饮龁（hé）”，饮和食。龁，咬。

④ 这两句以马的角度而道出。天寒冰坚，疑陇坂也；秋风叶落，似榆关也。此意与刘禹锡“马思边草拳毛动”意相仿佛。“陇坂”，即陇山，在今陕西陇县至甘肃平凉一带。“榆关”，即山海关。唐时此二地皆为

用兵之地。

⑤“躞蹀（xiè dié）”，往来小步貌。“腾骧”，奔跃，超越。

⑥“偃武”，停息武备。偃，停，止息。“鼓鼙”，大鼓和小鼓，进军时敲之以激励战士。借指战事。

雍裕之

雍裕之，贞元后诗人，《全唐诗》编其诗一卷。

宿棣华馆闻雁①

不堪旅宿棣花馆，况有离群鸿雁声。一点秋灯残影下，不知寒梦几回惊②。

① 棣华馆，见白居易《棣花驿见杨八题梦兄弟诗》注①。

②“寒梦”，言逆旅苦寒之梦。

李　涉

李涉，自号青溪子，洛阳（今属河南）人。宪宗朝任太子通事舍人，后贬陕州司仓参军，文宗朝为太学博士，复以事流放南方，浪游桂林。擅长七绝，语言通俗。《全唐诗》编其诗一卷。

题武关[①]

来往悲欢万里心，多从此路计浮沉[②]。皆缘不得空门要[③]，舜葬苍梧直到今[④]。

① 李涉于元和元年（806）被宪宗诏为太子通事舍人，不久却因事贬峡州（地在今湖北宜昌）县令，蹭蹬峡中十年。这首诗是其去峡州路过武关时所作。“武关”，见韩愈《武关西逢配流吐蕃》注①。战国时秦之南关。楚怀王三十年，秦昭王遗书楚王，约会于武关，即此。

②“浮沉”，升降，盛衰，得失。

③“空门”，佛教谓色相世界，皆是虚妄，能破除偏执，由空而得涅槃，以空为入道之门，故有是称。后泛称佛家为空门。

④ 此句慨叹，自古以来，人们对名利之心不能觉悟而辛苦奔波。“舜葬苍梧”，舜指舜帝，史称虞舜。与其前任尧帝被后人称尧日舜年，誉为太平盛世。他后来死于苍梧（今湖南广西交界地带）之野。

再宿武关[①]

远别秦城万里游[②]，乱山高下出商州[③]。关门不锁寒溪水，一夜潺湲送客愁[④]。

① 李涉被贬峡州十年，唐文宗大和年间，始召回京，任太学博士，因事又被远贬康州（治所在端溪县，即今之广东德庆县）。这首诗是其去

康州途经武关时所作。题一作《从秦城回再题武关》。

②“秦城”，指京城长安。有人说此“秦城”在今陕西陇县境内，不确。李涉被贬，当在京城，而非别处。其另一首诗中，便有秦城指京城长安的佐证。《寄河阳从事杨潜》诗中有云：“洛邑秦城少年别，两都陈事空闻说。”诗中两都相应，洛邑指东都洛阳，秦城指西京长安。

③“乱山高下出商州”，商州山势西高而东低，其西部之山高险，旧有七盘十二绛（绳索）之说，东部山势渐渐低缓。其所宿的武关，便在这山势低缓地区，位于商州城东二百馀里处，离商州东南界已不远。故“乱山高下”是说出商州。有的选本，将“出”作“入”，未知何据，值得商榷。

④“潺湲”，水声，一作“潺潺”。“送”，以寒溪流水相送。这两句是说，溪水仿佛载着离愁别恨，伴着愁容远去，关门也阻挡不了。

陆　畅

陆畅，字达夫，吴郡（即苏州）人。元和初中进士第，为皇太子僚属，后官凤翔少尹。《全唐诗》编其诗一卷。

望毛女峰[①]

我种东峰千叶莲，此峰毛女始求仙。今朝暗算当时事，已是人间七万年[②]。

①“毛女”，传说中的仙女，字玉姜，在华阴山中，形体生毛，自言秦始皇宫人，流亡入山，食松叶，遂不饥寒。见旧题刘向《列仙传》。

② 这两句是说，现在暗暗计算毛女成仙的时间，已有七万年了。“暗算”，暗里计算。“七万年”，极言时间之长，并非确数。

出蓝田关寄董使君[①]

万里烟萝锦帐间[②]，云迎水送度蓝关[③]。七盘九折难行处，尽是龚黄界外山[④]。

①“蓝田关”，即蓝田东南之峣关。“使君”，汉代称刺史为使君，汉以后遂为对州郡长官的尊称。此处代指董某。

②“烟萝”，烟霞和女萝（地衣类植物）。

③“蓝关”，即蓝田关。

④ 这句是说，出了蓝田关，就到了商州地界（不属董使君管辖），故曰“界外山”。“龚黄”，指汉代循吏（良臣）龚遂和黄霸，二人皆得吏民之心，此处代指董使君。

李　绅

李绅（772—846），字公垂，无锡（今江苏无锡市）人，原籍亳州。穆宗时为翰林学士，与李德裕、元稹同号“三俊”。其

《新题乐府二十首》（惜未能流传）系现实主义之作，为中唐元白新乐府运动之前驱。而早年所作之《古风二首》（一作《悯农二首》）最为后世所称道。《全唐诗》编其诗四卷。

华顶[①]

欲向仙峰炼九丹[②]，独瞻华顶礼仙坛。石标琪树凌空碧[③]，水挂银河映月寒。天外鹤声随绛节，洞中云气隐琅玕[④]。浮生未有从师地，空诵仙经想羽翰[⑤]。

① 华山上有传说中的仙家炼丹炉。据云丹药可以使人长生，中唐时，神仙丹药之风甚是盛行。李绅此诗写的便是对仙丹的向往。然而向往归向往，诗结尾处还是心生疑窦，这和白居易“既无长绳可系日，也无大药驻红颜”的观点是一致的。

②“九丹”，道家所谓服之可以长生升仙的九种丹药：丹华、神符、神丹、还丹、饵丹、炼丹、柔丹、伏丹、塞丹。

③“琪树”，仙境中的玉树。

④“绛节”，使者所持的红色符节。代指传说中上帝或仙君的一种仪仗。“琅玕”，珠树。

⑤“仙经”，即《南华经》，《庄子》的别称。唐天宝元年封庄子（周）为南华真人，始称其所著《庄子》为《南华真经》。“羽翰”，翅膀。此处指飞升成仙。

华山庆云见[1]

圣主祠名岳[2]，高风发庆云。金柯初缭绕，玉叶渐氛氲[3]。气色含珠日，晴光吐翠雰[4]。依稀来鹤态，仿佛列仙群[5]。万树流光影，千潭写锦文[6]。苍生忻有望，祥瑞在吾君[7]。

①“庆云”，五色云。也作“景云”“卿云”，古以为祥瑞之气。

②“祠名岳”，此处指在西岳华山进行的封禅大典。祠，春祭。

③“柯”，草木的支茎。“金柯”，此处指庆云初发。“玉叶”，指庆云的边缘。“氛氲”，盛茂。

④“珠日”，珠状的日光，指庆云变动时日光照耀所产生的景象。“翠雰”，青绿色的雾气。“雰”同“氛”。

⑤这两句写庆云之状。“鹤态”，喻长寿也；“仙群”，仙人之群，喻祥瑞也。

⑥“流光影”，言庆云披拂也；“锦文”，喻庆云相照也。“锦文”，华丽的花纹。此处指庆云见而天章云锦，蔚为大观。

⑦“苍生”，众生。“祥瑞”句，言君祀华山，而庆云见，故曰祥瑞；而吾君之圣，自带祥瑞，更见祥瑞也。

鲍　溶

鲍溶，字德源，元和四年（809）进士及第，与韩愈、李正封、孟郊友善，诗风清约。《全唐诗》编其诗三卷。

夏日华山别韩博士愈[①]

别地泰华阴，孤亭潼关口[②]。夏日可畏时，望山易迟久[③]。
暂因车马倦，一逐云先后[④]。碧霞气争寒[⑤]，黄鸟语相诱。
三峰多异态，迥举仙人手[⑥]。天晴捧日轮，月夕弄星斗[⑦]。
幽疑白帝近[⑧]，明见黄河走。远心不期来，真境非吾有[⑨]。
鸟鸣草木下，日息天地右[⑩]。踯躅因风松，青冥谢仙叟[⑪]。
不知无声泪，中感一颜厚[⑫]。青霄上何阶，别剑空朗扣[⑬]。
故乡此关外，身与名相守[⑭]。迹比断根蓬，忧如长饮酒[⑮]。
生离抱多恨，方寸安可受[⑯]。咫尺岐路分，苍烟蔽回首[⑰]。

①作者与韩愈友善，这首诗就是写他们夏日在华山相别之事。韩愈在元和初曾为国子博士。

②“别地”，分别之地。“泰华阴”，华山之北。华山脚下，是西京长安至东京洛阳的两京大道。泰华即太华，指西岳华山。阴，山北。

③“可畏时”，指谓夏天白昼时间之长。“望山”句，（因日长）故望山容易时间长久。

④“车马倦”，即马倦车烦，意思是说不愿行走。“一逐”句，因山中多云，故逐于云后，言登山。

⑤“碧霞”，青绿色的霞光。“争寒”，华山海拔两千多米，气本寒，碧霞再添一冷色，故曰气色争寒。

⑥“三峰”，指华山朝阳、落雁、莲花诸峰。“迥”，远。“仙人手”，即

仙人掌。华山东峰仙掌崖侧石上有痕，自下望之，很像人的手掌，五指俱全。“多”一作“各”。

⑦这两句写诗人的想象：天晴时，仙人手可捧红日；夜晚，仙人手可弄星斗，以此形容华山之高峻。

⑧“幽疑”，暗中怀疑。“白帝”，神话中的五天帝之一，是西方之神，华山是西岳，故曰“白帝近”。“黄河走”，黄河从华山下流过，洪波喷流射东海，故曰“黄河走”。

⑨“远心”，指二人相离虽远，而心中牵挂。“不期”，事前未约定。“真境”，仙人所居之地，此处指所游之华山。

⑩“日息”，太阳休息。即指太阳落下。“天地右”，天地之西。古时西方称右。

⑪“踯躅（zhí zhú）”，驻足，踏步不前。“青冥”，高远的山上。“冥”，高远。“仙叟”，仙翁。

⑫“一颜厚”，作者自责。“颜”，一作“硕”。作者亦有句云：“万里岐路多，一身天地窄。”因抱负与现实差别极大，故有“厚颜”之感。

⑬“青霄”，青天。“上何阶”，上青天有何阶梯？“别剑”句，言分别之际。宝剑空扣以抒愤懑。“朗”，响亮。“扣”，敲击。

⑭“关”，指潼关。“身与”句，是说身守名而名守身，意谓未能显名。

⑮“断跟蓬”，随风而转动。这两句是说生之窘迫：踪迹如蓬，无根柢也；忧愁如酒，未断绝也。

⑯“生离”，指与韩愈分别。“抱多恨”，言不忍分别。“方寸”，指心。

⑰“咫尺”，比喻距离很近。“岐路”，岔道，即分别之道。“岐”通“歧”。“蔽”，遮盖，遮挡。“回首”，言对韩愈回首相望。可见二人友情之深。

玉山谣奉送王隐者①

凤皇城南玉山高，石脚耸立争雄豪②。攒峰胎玉气色润，百泉透云流不尽③。万古分明对眼开，五烟窈窕呈祥近④。有客师事金身仙，用金买得山中田⑤。闲开玉水灌芝草，静醉天酒松间眠⑥。心期南溟万里外，出山几遇光阴改⑦。水玉丁东不可闻，冰华皎洁应如待⑧。秋风引吾歌去来，玉山彩翠遥相催。殷勤千树玉山顶，碧洞寥寥寒锦苔⑨。

①“玉山”，即蓝田山。在蓝田县东南，山出美玉，故名玉山。这首诗是写给一位王姓隐士的。

②“凤皇城”，相传秦穆公的女儿弄玉，吹箫引凤，凤皇降于京城，故曰丹凤城。后因称国都曰凤城，此处指长安。

③“攒（cuán）峰”，聚集的山峰。“胎玉”，怀玉，故“气色润”。

④“五烟”，五彩烟，即卿云。亦作“庆云”。“窈窕”，美好貌。

⑤“客”，指王姓隐者。“金身仙”，佛教谓佛身如紫金光聚，世人因以金身佛像，称为金身。这句是说王姓隐者礼佛。

⑥“天酒”，露水。汉东方朔《神异经》：“西北海外有人，……但日饮天酒五斗。”张华注曰：“甘露也。”

⑦“南溟”，南海。“光阴改”，此处指政局的改变。

⑧“丁东”，象声词，今作“叮咚”。状其流水泻玉之声。“冰华”，指月亮。

⑨“碧洞”，王隐者居处。“寥寥”，空虚。

姚　合

姚合（约779—约846），陕州硖石（今河南三门峡市陕州区）人。元和进士及第，授武功主簿，世称姚武功。敬宗宝历间，官监察殿中御史，出为荆、杭二州刺史，后被召入京，任给事中等职，官终秘书少监。喜为五律，刻意求工，诗与贾岛同称，能自成一格。《全唐诗》编其诗七卷。

送郑尚书赴兴元①

儒有登坛贵，何人得此功②。红旗烧密雪，白马踏长风③。斧钺来天上，诗书理汉中④。方知百胜略，应不在弯弓⑤。

① 这是送郑尚书赴兴元府任长官赠诗。"郑尚书"，指工部尚书郑权。"兴元"，府名。古梁州之境，唐兴元元年（784）升梁州为兴元府。府治在南郑东（即今汉中市汉台区）。

② 这两句贺郑尚书任职兴元。"儒"，郑权系儒人。登进士后，官居尚书高位。"登坛"，拜将，此处指升官。"得此功"，指其节制兴元府。

③ 这两句写郑尚书壮行之色。红旗烧雪，色红而旗稠也；白马踏长风，人马气宇昂也。

④ 这两句写郑尚书的为政理念：诗书教之，刑罚辅之。"斧钺"，本指两种兵器，代指刑罚杀戮。"来天上"，来自朝廷授予的权力。天上，代指朝廷。

⑤ 这两句称颂郑尚书制胜方略，在于文教，而不在于刑杀。《孙子兵

法·谋攻》:“百战百胜,非善之善也;不战而屈人之兵,善之善者也。”故曰“上兵伐谋”。

金州书事寄山中旧友[①]

安康虽好郡,刺史是憨翁[②]。买酒终朝饮,吟诗一室空[③]。
自知为政拙,众亦觉心公[④]。亲事星河在,忧人骨肉同[⑤]。
簿书岚色里,鼓角水声中[⑥]。井邑神州接,帆樯海路通[⑦]。
野亭晴带雾,竹寺夏多风。溉稻长洲白,烧林远岫红[⑧]。
旧山期已失[⑨],芳草思何穷。林下无相笑,男儿五马雄[⑩]。

①这首诗是姚合在金州刺史任上所写。“金州”,州名。秦汉时属汉中郡,北朝魏置金城郡,寻改为金州(治所在今陕西省安康市汉滨区)。

②“憨翁”,傻气的老头儿。系作者谦称。

③“一室空”,一室空空,别无长物。

④“为政拙”,为政笨拙,系自谦之辞。“众亦”句,众人觉得(刺史)处事公道。

⑤“亲事”,亲自处理事情。“星河”,天河,言夜晚也。“骨肉同”,将所忧之人视同骨肉看待。

⑥“薄书”,官署文书。“岚”,雾气。安康多山多水,故多岚色,这句描绘写官署文书时的外部环境。“鼓角”,战鼓和号角,军中用以传号令状军势。“水声中”,安康城北即是汉江。水,指汉江。

⑦“井邑”,乡邑,人口聚居地。“神州”,此处指京城。“帆樯”,帆船与桅杆。代指舟楫。“海路”,即由汉江之水路可直接通向海洋。

⑧“溉稻”，给稻田浇水。“白”，水色。“烧林”，烧山火开荒，俗称火耕。“岫”，峰峦，山谷。

⑨“旧山”，指故乡。“期”，邀约。

⑩“林下”，指退隐之所，指旧友。“五马”，太守的代称。《陌上桑》：“使君从南来，五马立踟蹰。”此处是作者自指。

题金州西园九首（选一首）

芭蕉屏[①]

芭蕉丛丛生，月照参差影[②]。数叶大如墙[③]，作我门之屏。稍稍闻见稀[④]，耳目得安静。

① 芭蕉丛生门首，故视作门之屏。此诗系组诗中的第九首。

②“参差”，长短，高低，大小不齐貌。

③“叶大如墙”，以此喻蕉叶，似未经人道。韩愈有名句云：“芭蕉叶大支子肥。”

④“稀”，稀疏。

游终南山

策杖度溪桥，云深步数劳[①]。青猿吟岭际，白鹤坐松梢。天外浮烟远，山根野水交。自缘名利系，好此结蓬茆[③]。

①这句写因要游白云深处之山，自己曾数次步行而去。

②“自缘”，自己因为。

③“结蓬茆”，结一茅舍。指隐一居蓬茆，指代茅草房。“茆”通“茅”。

章孝标

章孝标，字首正，钱塘（今浙江杭州）人。元和十四年（819）登进士第，任秘书正字。太和中，尝为南山道从事，试大理评事。仕终秘书正字。《全唐诗》编其诗一卷。

骆谷行①

扪云袅栈入青冥②，靰马铃骡傍日星③。仰踏剑棱梯万仞④，下缘冰岫杳千寻⑤。山花织锦时聊看，涧水弹琴不暇听。若比争名求利处，寻思此路却安宁。

①“骆谷”，见岑参《酬成少尹骆谷行见呈》注①。

②这句写骆谷云栈之高。“扪”，按，摸。“袅”，颤动。“青冥”，青天。冥，深奥，深沉。

③这句写骆谷云路之高。“靰”，马缰绳。“傍日星”，傍着天上的太阳和星星。

④这句写骆谷云路之陡。“剑棱”，指石梯之阶沿有如宝剑之棱那样陡直。“仞”，古代长度计量单位，一仞为八尺或七尺。

⑤ 这句写骆谷云路之危。“岫”，小山，此处指深谷中的小山。“杳”，深远。“寻”，古代长度计量单位，八尺为寻。

顾非熊

顾非熊，顾况之子。曾困举场三十年，穆宗长庆中登进士第，累佐使府，宣宗大中间，为盱眙尉，后弃官隐茅山。《全唐诗》编其诗一卷。

斜谷邮亭玩海棠花①

忽识海棠花，令人只叹嗟。艳繁惟共笑，香近试堪夸。驻骑忘山险②，持杯任日斜。何川是多处，应绕羽人家③。

①“斜谷”，见张说《再使蜀道》注②。“邮亭”，递送文书者投止之所。“海棠”，落叶乔木，春季开花，花未开时深红色，开后淡红色。亦有白色。

②“驻骑”，停下马来。

③“羽人”，仙人。

行经褒城寄兴元姚从事①

往岁客龟城②，同时听鹿鸣。君兼莲幕贵，我得桂枝荣③。栈阁危初尽，褒川路忽平④。心期一壶酒，静话别离情⑤。

①“褒城”，县名。其地今并入汉中市汉台区和勉县，故城在今勉县东北。“兴元”，见姚合《送郑尚书赴兴元》注①。

②“龟城”，成都的别称。

③“莲幕”，幕府。南朝齐高帝时，王俭领朝政，一时所辟，皆才名之士。时人以入王俭府为入莲花地，言如红莲绿水，交相辉映。后因称幕府为莲幕。“桂枝”，即“桂林一枝”之简称，喻出类拔萃。此处指其困举场三十年后，终登进士第。

④“栈阁”，即栈道。以山路悬险，傍山架木而成的道路。“褒川”，褒城之平野。

⑤“期”，盼望。

裴夷直

裴夷直，字礼卿，河东（今山西运城）人。擢进士第。文宗时，历右拾遗、礼部员外郎，进中书舍人。武宗即位，出为杭州刺史，斥州司户参军。宣宗初，复任江、华等州刺史，终散骑常侍。《全唐诗》编其诗一卷。

上下七盘二首[①]

一

斗回山路掩皇州[②]，二载欢娱一望休。从此万重青嶂合，无因更得重回头。

①“七盘”，商州西通蓝田之秦岭山道高险，旧有“七盘十二绰（绳索）”之说，七盘，当指秦岭上的一段路径。经七次盘绕方能上下。

② 这首诗内容为上七盘。“斗回山路”，山路环绕，如北斗七星之曲折。“回”，环绕，旋转。“皇州”，京城长安。

二[①]

商山半月雨漫漫，偶值新晴下七盘。山似换来天似洗，可怜风日到长安[②]。

① 这首诗内容为下七盘。

②“可怜”，可爱。

朱庆馀

朱庆馀，名可久，以字行，越州（今浙江绍兴）人。宝历二年（826）登进士第，官秘书省校书郎，又曾客游边塞。仕途并不得意，与张籍、姚合、贾岛、顾非熊等交游。其诗受知于张籍，更由于张籍的推而赞之，诗名遂得大著。《全唐诗》编其诗两卷。

题仙游寺[1]

石抱龙堂藓石干，山遮白日寺门寒。长松瀑布饶奇状，曾有仙人驻鹤看[2]。

①“仙游寺”，地在今陕西周至县南山中。

② 这句是说曾有仙人弄玉在此处停下所骑之鹤而驻足观看。弄玉，相传为秦穆公之女，后成仙人。

雍　陶

雍陶（805—?），字国钧，成都人。大和间进士，宣宗大中八年（854）出任简州（今四川简阳）刺史。《全唐诗》编其诗一卷。

春行武关作[1]

风香春暖展归程，全胜游仙入洞情[2]。一路缘溪花覆水，不妨闲看不妨行。

① 春行武关，这首诗见作者愉悦之心境。“武关”，见韩愈《武关西逢配流

吐蕃》注①。

②“游仙”，脱离尘俗，游心仙境。“入洞情”，仙人好居洞壑，故通称为洞仙，入洞情即仙居之情。

西归出斜谷[①]

行过险栈出褒斜[②]，出尽平川似到家[③]。万里客愁今日散，马前初见米囊花[④]。

①“西归”，作者是成都人，故曰“西归”。“斜谷”，此处指褒斜道。

②“褒斜”，褒斜谷之简称。见张说《再使蜀道》注②。

③“平川”，指褒谷口外的平原（即今之汉中盆地）。

④“米囊花”，即罂粟花。罂粟子所开的花，一名米囊，又名御李。

洛源驿戏题[①]

柳阴春岭鸟新啼，暖色浓烟深处迷。如恨往来人不见，水声呦咽出花溪[②]。

①“洛源驿”，洛源在商州城东五十里，此处驿站称洛源驿。“戏题”，开玩笑地题写。

② 全诗二十八字，眼中景，耳中音，如恨而发端；意中人，心中事，欲言而又止。可见伤心人别有怀抱。“呦咽”，流水幽咽声。

杜　牧

杜牧（803－约852），字牧之，京兆万年（今陕西西安）人，大和进士，曾为黄、池、睦等州刺史，后入朝任司勋员外郎、中书舍人等职，有《樊川文集》。杜牧刚正有奇节，敢论列大事，指陈时弊，企求恢复唐帝国昔日的繁荣昌盛，自称“平生五色线，愿补舜衣裳”，然其势难为，故理想必然落空。其诗文以意为主，以气为辅，诗情豪迈，语率惊人，识者以拟杜甫，故称“大杜”“小杜”以别之。与李商隐并称“小李杜”。其诗追求高绝，在晚唐浮浅轻靡的诗风之外，独树一帜，古体诗流丽之中骨气遒劲，近体诗俊爽之中味永趣长。《全唐诗》编其诗八卷。

商山麻涧①

云光岚彩四面合②，柔柔垂柳十馀家。雉飞鹿过芳草远，牛巷鸡埘春日斜③。秀眉老父对樽酒，蒨袖女儿簪野花④。征车自念尘土计，惆怅溪边书细沙⑤。

①作者因仕宦等原因，曾数次行经商於，必经商山麻涧。麻涧在商州城西北四十里处，其地即今商州区麻街镇。

②“岚”，山里像云彩一样的雾气。

③“雉”，野鸡。“鸡埘（shí）”，在墙上凿的鸡窝。

④“秀眉”，老人眉毛中的长毛，旧说以为长寿的征兆。“蒨袖”，绛色之袖。蒨，本作茜，引申指绛红色。

⑤“征车”，远行所乘之车。“尘土计”，指世路奔波。“书细沙”，在细沙上写字。

题武关①

碧溪留我武关东，一笑怀王迹自穷②。郑袖娇娆酣似醉，屈原憔悴去如蓬③。山墙谷堑依然在，弱吐强吞尽已空④。今日圣神家四海，戍旗长卷夕阳中⑤。

① 开成四年（839），杜牧自浔阳经南阳、武关、商山至长安，就左补阙、史馆修撰职。此诗系在武关感怀而作。

② 武关是战国时秦之南关。楚怀王三十年，秦昭王遗书楚王，约会于此，但当楚怀王如约到武关后，即被秦国扣留，后死于秦国。“迹自穷”，言其失策，以致走上穷途末路。

③“郑袖”，楚怀王幸姬。“娇娆酣似醉”，言其正得宠。也正是她，说服怀王放走了诈楚的张仪。《史记·屈原贾生列传》记载，秦国派张仪使楚，以割地六百里骗楚与齐断交后，又不给楚商於六百里之地。怀王怒，声言愿得张仪而甘心焉。“屈原”句，言屈原主张联齐抗秦，却遭昏君楚怀王的疏远和放逐，行吟江畔，形容憔悴，颜色枯槁。“蓬”，蓬蒿，冬时枯而根折，随风翻滚。

④“山墙谷堑”，指武关的关墙和防御设施。谷堑，山谷的壕沟。“弱吐强吞”，指弱者楚国不断被强者秦国弱肉强食。

⑤“圣神”，对当朝皇帝的尊称。“家四海”，即四海一家，言所统治之疆域广大。“戍旗”，防守军队的军旗。

题青云馆[1]

虬蟠千仞剧羊肠[2]，天府由来百二强[3]。四皓有芝轻汉祖[4]，张仪无地与怀王[5]。云连帐影萝阴合[6]，枕绕泉声客梦凉。深处会容高尚者，水苗三顷百株桑[7]。

①“青云馆”，即青云驿，驿在武关驿外，其地今属陕西省商南县。

②“虬蟠（qiú pán）”，喻盘伏、曲折。“仞”，古代长度计量单位，一仞为八尺或七尺。“剧”，极，甚。“羊肠”，羊肠小道。

③“天府”，指秦国，即后来的秦地。《战国策·秦策一》：苏秦说秦惠王，曰：“大王之国，……田肥美，民殷富，战车万乘，奋击百万，沃野千里，蓄积饶多，地势形便，此谓天府，天下之雄国也。”“百二”，以二敌百；一说是百的一倍。《史记·高祖本纪》：“秦，形胜之国，带河山之险，悬隔千里，持戟百万，秦得百二焉。”后为形容秦地险要之词。

④这句说商山的“四皓”因有商芝可采食（指隐居）而轻视汉祖。“四皓”，见窦常《商山祠堂即事》注③。“汉祖”，指汉高祖刘邦。

⑤这句说秦国张仪并非真心割地与楚怀王。战国时，秦欲伐齐，而齐楚是合纵（同盟）之国，张仪对楚怀王说，只要楚与齐断交，就献商於之地六百里予楚。楚怀王遂绝齐楚之交，使人索地，张仪却说：“臣有奉邑六里，愿以献大王左右。”（见《史记·张仪列传》）因青云驿在商於道上，故用此典。

⑥“萝”，指茑萝、女萝等地衣类植物。

⑦“水苗”，指水稻。

题商山四皓庙一绝[①]

吕氏强梁嗣子柔[②]，我于天性岂恩仇[③]。南军不袒左边袖[④]，四老安刘是灭刘[⑤]。

①“商山四皓”，见窦常《商山祠堂即事》注③。

② 这句是说，高祖之吕后强横而太子刘盈（吕后所生）柔弱。“吕氏”，指吕后。“强梁”，强横。“嗣子”，当继承帝位的嫡长子。指刘盈。

③ 这句是说，我对他们二人的天性本身并无什么恩仇。

④ 这句说，吕产（吕后之侄，时为上相国）指挥的南军不效忠刘氏。“南军”，西汉禁卫军当时分南军和北军。南军驻城南，由吕产指挥；北军驻城北，由赵王吕禄指挥。吕太后死后，吕产、吕禄各将兵居南北军，皆吕氏之人。太尉周勃以计夺北军将印后，入北军军门，“行令军中曰：‘为吕氏右袒（袒露右臂），为刘氏左袒（袒露左臂）。’军中皆左袒为刘氏”。随后击杀已率军入未央宫欲为乱的南军指挥吕产。乱遂解。（见《史记·吕太后本纪》）愚按：句中之“南军”当为“北军”。

⑤ 这句说，“四皓”当时安刘其实是灭刘。“四老”，指四皓。“安刘”与“灭刘”，此前刘邦要以戚姬所生的赵王如意“夺嫡”。吕后依张良计，请来高祖召而不应的“四皓”辅佐太子刘盈，刘邦见太子其势已成，只好作罢。这在当时是安稳了刘氏政权。但刘盈当皇帝后，显得仁弱，在位七年便去世，年仅二十三岁。在位期间，大权实际上掌握在其强势的母亲吕太后手中。吕太后死后，汉政权险被诸吕篡夺。如果北军不支持周勃安刘诛诸吕，“商山四皓”亦无力安刘。依靠“商山四皓”，刘氏政权虽得一时苟安，到头来也会被吕氏灭掉。那已即

帝位的刘盈，何曾跳出过吕太后的手心，不过七年，便政归吕太后，就是严酷的现实。故曰“安刘是灭刘”。杜牧的咏史诗，多有独特见解，如咏项羽：“江东子弟多才俊，卷土重来未可知。”咏周瑜：“东风不与周郎便，铜雀春深锁二乔。”皆可振聋而发聩，本篇即其一也。

将出关宿层峰驿，却寄李谏议①

孤驿在重阳，云根掩柴扉②。数声暮禽切，万壑秋意归。心驰碧泉涧，目断青琐闱③。明日武关外，梦魂劳远飞。

①“关”，指武关。“层峰驿”，在今陕西省商南县，位于武关东南，可知这次行程是沿商於道出武关去长安的。或者就是由宣州团练副使调任京官路经此驿而作。

②“重阻”，重重阻碍之中。“云根”，深山云起之处。

④ 这两句写与李谏议共处之地。“青琐闱”，刻缕成格的门窗。

李商隐

李商隐（813—858），字义山，号玉谿生，怀州河内（今河南沁阳）人。开成登进士第，曾任县尉、秘书郎和东川节度使判官等职，因受牛李党争影响，被人排挤，终身潦倒。他反对藩镇割据，反对宦官擅权。常以诗歌揭露批判时政，所作“咏史”诗多托古以讽，无题诗也有寄寓，至其实际含义，诸家解释不一。因其政治抱负难以实现，故诗中常带感伤之情调。李商隐的诗，擅长律、绝，富于文采。律诗于秾丽之中时露沉郁，流美之中不失厚重；绝句往往是精工之中巧于用笔，缜密之中唱叹有情，具有独特风格，结集为《玉谿生诗》。《全唐诗》编其诗三卷。

商於①

商於朝雨霁，归路有秋光。背坞猿收果，投岩麝退香②。
建瓴真得势，横戟岂能当③。割地张仪诈④，谋身绮季长⑤。
清渠州外月，黄叶庙前霜⑥。今日看云意，依依入帝乡⑦。

①“商於”，地名，指今陕西商州到河南淅川、内乡一带，长六百里。

②这两句说，猿猴在偏僻的山洼采摘野果，麝跑到山崖边，退着它的香脐。“坞”，地势周围高而中央凹的地方，类似山洼。

③“建瓴”，高屋建瓴的略语，喻居高临下，势不可遏。“横戟”句，言易守难攻。此两句可理解为商於的险绝之处，理解为武关亦通。

④“割地”，见杜牧《题青云馆》注⑤。

⑤“谋身”，为身谋划。“绮季”，即绮里季，“商山四皓”之一，他为避乱世而隐居商山。此处代指“商山四皓”。

⑥“庙”，指四皓庙。

⑦“依依”，恋恋不舍。“帝乡”，仙乡。《庄子》：“华封人谓尧曰：‘千载厌世去而上仙，乘彼白云，至于帝乡。’”后每以借言帝京。

商於新开路[1]

六百商於路[2]，崎岖古共闻。蜂房春欲暮，虎阱日初曛[3]。
路向泉间辨，人从树杪分[4]。更谁开捷径，速拟上青云[5]。

① 题下原注云："商州上洛郡，贞元七年，刺史李西华开新道七百馀里，行旅便之。"

② 商於道六百里。大和元年三月，商隐随郑亚去桂林，经此道。

③ "蜂房"，蜂巢。"虎阱"，猎取老虎的陷坑。"曛"，落日的馀光。

④ "人从树杪分"，山路高下不平，以下望上，路出树梢，行人要从树梢辨别。"杪（miǎo）"，树梢。

⑤ "青云"，双关语。既指商於道上之青云驿，又指对仕途得意之希冀。

悼伤后赴东蜀辟至散关遇雪[1]

剑外从军远[2]，无家与寄衣[3]。散关三尺雪，回梦旧鸳机[4]。

①"悼伤"，悼念已亡故的妻子。宣宗大中五年（851），李商隐在妻子王氏病故后，受梓州刺史、东川节度使柳仲郢聘请，前往梓州幕府任节度书记、检校工部员外郎。"东蜀"，指东川。"辟"，征召。"散关"，在今陕西省宝鸡市西南大散岭上。

②"剑外"，剑门关以外的地方，此处指梓州。

③ 这句是说，妻子亡故后，便没有了"家"，也就无人寄衣。

④"鸳机"，即织布机。梦中犹作妻子纺织之想，更见沉痛。

刘得仁

刘得仁，公主之子，穆宗长庆中即以诗名。自文宗开成至宣宗大中三朝，昆弟以贵戚皆擢显仕，而得仁出入举场二十年，竟无所成。擅五言诗，体调清莹。《全唐诗》编其诗两卷。

监试莲花峰[①]

太华万馀重，岧峣只此峰[②]。当秋倚寥泬[③]，入望似芙蓉[④]。
翠拔千寻直，青危一朵秾[⑤]。气分毛女秀[⑥]，灵有羽人踪[⑦]。
倒影侵官路[⑧]，流香激庙松。尘埃终不及，车马自憧憧[⑨]。

①“监试”，国子监的考试。国子监即国子学，是中国封建时代的教育管理机关和最高学府。“莲花峰”，当是考试之题目。莲花峰，即华山西峰。因峰顶有巨石状如莲花，故名。

②“太华”，即华山。“万馀重”，极言华山峰岭之多。

③“寥泬（xuè）”，旷荡而虚静。

④这句说，值此秋日望去，莲花峰上如石莲盛开。“芙蓉”，莲花的别称。

⑤这两句说，莲花峰翠而挺拔高直，更显花木气盛。“一朵”，指石莲花。

⑥这句言毛女峰之所以秀丽，是因其分到了莲花峰壮美之气。毛女峰在莲花峰下，故云。

⑦这句言莲花峰之所以灵，是因其上有仙人的踪迹。传说老子及弟

子曾到此修炼，又，华山乃一道山，代有道士往来。“羽人”，指仙人。道家学仙，故亦称道士曰仙人。

⑧“倒影”，指莲花峰日光照射之影。因峰顶之影直到山下，故曰倒影。“侵”，占据。“官路”，经过潼关通往长安的大道。此句衬托莲花峰之高峻。

⑨ 尘埃不及，言莲峰之高峻也；车马不绝，言莲峰之诱人也。“不及”，不能到达。“憧（chōng）憧”，来往不绝貌。

朱景玄

武宗会昌年间诗人，官至太子谕德。《全唐诗》存其诗十五首。

华山南望春[①]

灵岳多异状，巉巉出虚空[②]。闲云恋岩壑，起灭苍翠中。
皓气澄野水[③]，神光秘琼宫[④]。鹤巢前林雪，瀑落满涧风。
春尽花未发，川回路难穷。何因著山屐，鹿迹寻羊公[⑤]。

① 华山之南，有三公山、三凤山、朝来山、松果山等山岭。“望春”，望诸山春景。

②“灵岳”，指华山及其周围诸山。“巉（chán）巉”，形容山势之高而险。

③“皓气”，山上的皓洁之气，使得野水也显得澄清新鲜。

④“神光”，神异的光彩。“祕琼宫”，使华丽的宫殿庙宇更显得不可思议。祕，神秘不可测之意。

⑤“著山屐”，穿上木屐。山屐，古人上下山时所穿的木齿鞋。上山时加后齿，下山时加前齿。“鹿迹”，鹿行山中留下的蹄迹。喻山路之崎岖艰险。“羊公”，传说汉景帝时，华山有一名叫修羊公的人，常卧石榻之上，不食。景帝问其有何能，修羊公不答，立刻变为石羊，背上有“修羊公谢天子”字样。这两句是说因何要穿上木屐，就是为去寻羊公，意即攀登这些峻岭奇峰。

赵　嘏

赵嘏，字承祐，山阳（今江苏淮安）人。会昌二年（842）进士及第，官渭南（今陕西省渭南市临渭区）尉，有《渭南集》。善七律，笔调清圆熟练，时有警句。因《长安晚秋》有句云：“残星几点雁横塞，长笛一声人倚楼”，被杜牧称为“赵倚楼”。《全唐诗》编其诗两卷。

旅次商山[①]

役役依山水，何曾似问津[②]。断崖时避马，芳树欲留人。
日夕猿鸟伴，古今京洛尘[③]。一枝甘已失，辜负故园春[④]。

①“旅次”，旅途中寄居之所。

②“役”，事。“问津”，问路。津，渡口。此处隐含寻求仕途之意。

③这两句说，终日都在奔波。“京洛”，即洛阳，因东周、东汉都曾建都于此，故称京洛。

④“一枝”，一条枝杈。旧时称谋求职位为觅一枝栖。“辜负”，一作“惆怅”。

入蓝关[1]

微烟已辨秦中树，远梦更依江上台[2]。看落晚花还怅望，鲤鱼时节入关来[3]。

①“蓝关”，即蓝田关。在蓝田山中。

②“秦中”，此处指关中。蓝关北不远处，山尽而为关中平原。“远梦”句，言与故乡别梦依依。其故乡在山阳（今江苏淮安）。

③“鲤鱼时节”，指九月。九月而鲤肥。“关”，指蓝关。

沙溪馆[1]

翠湿衣襟山满楼[2]，竹间溪水绕床流。行人莫羡邮亭吏[3]，生向此中今白头。

①“沙溪馆”，题下原注：“一作仙娥驿，地在商州西十里处。”

②“翠湿衣襟”，山色浓翠，似欲流欲滴，故有翠湿衣襟之感。王维《山

中》："山路元无雨，空翠湿人衣。""山满楼"，意即从楼中望去，楼外皆山。

③"邮亭"，驿馆，递送文书者投止之所。"邮亭吏"，驿站小官。前两句一作"溪上邮亭气早秋，树边溪色绕床流"。

项　斯

项斯，字子迁，会昌四年登进士第。名微时，以诗谒杨敬之，杨赠诗云："几度见诗诗尽好，及观标格过于诗。平生不解藏人善，到处逢人说项斯。"其名从此而彰。终丹徒县尉。《全唐诗》编其诗一卷。

赠金州姚合使君①

为郎名更重，领郡是蹉跎②。官壁题诗尽，衙庭看鹤多。
城池连草堑，篱落带椒坡③。未觉旗幡贵，闲行触处过④。

①"金州"，见姚合《金州书事寄山中旧友》注①。"使君"，汉时称刺史为使君，汉以后作为对州郡长官的尊称。姚合时任金州刺史，故称使君。

②"郎"，姚合任金州刺史前，曾任水部员外郎。"郎"即指此。"蹉跎"，失时，虚度光阴。

③"堑"，壕沟。"草"，一作"竹"。"椒坡"，植有椒树的坡地。马戴

《寄金州姚使君员外》句“残雨发椒香”可证。

④“旗幡”，仪仗中的旗帜，此处代指刺史之职。“行”，一作“游”。

华顶道者①

仙人掌中住②，生有上天期③。已废烧丹处，犹多种杏时。养龙于浅水，寄鹤在高枝。得道复无事，相逢尽日棋。

①“华顶道者”，即华山顶上所住的道人。

②“仙人掌”，华山峰名，即东峰。

③“上天期”，上天的愿望。“生”，一作“坐”。

薛　能

薛能，字太拙，汾州（今山西汾阳）人。会昌六年（846）进士及第。历御史、刑部员外郎。李福镇蜀，奏以自副。懿宗咸通间，摄嘉州刺史，迁至刑部郎中，权京兆尹事，授工部尚书。节度徐州，徙镇忠武。广明元年，徐军戍溵水，经许州，薛能因其军多怀旧惠，馆待于城中，许州军惧遭袭击，大将周岌乘众疑怒，驱逐薛能，自称留后，随之将其杀害。《全唐诗》编其诗四卷。

华岳

簇簇复亭亭，三峰卓杳冥[①]。每思穷本末，应合记图经[②]。
发地连宫观，冲天接井星[③]。河微临巨势，秦重载奇形[④]。
太古朝群后，中央擘巨灵[⑤]。邻州犹映槛，几县恰当庭[⑥]。
鹤毳坛风乱，龙漦洞水腥[⑦]。望遥通北极，上彻见东溟[⑧]。
客玩晴难偶，农祈雨必零[⑨]。度关无暑气，过路得愁醒。
羽客时应见[⑩]，霜猿夜可听。顶悬飞瀑峻，崦合白云青[⑪]。
混石猜良玉，寻苗得茯苓[⑫]。从官知侧近，悉倖致岩扃[⑬]。

①“簇簇”，形容华岳峰峦簇簇成团。“亭亭”高耸。“杳冥”，高远貌。

②“图经”，指《山海经》和《山海经图》。前者成书于战国时，记载各地的山川、道里、物产、原始风俗等各方面，往往掺杂怪异，保存远古的神话传说和史地文献材料较多。后者是晋代郭璞所著，已佚。

③“井星”，二十八宿之一。华岳属井星分野。

④“河微”，言黄河细微。与李白“黄河如丝天际来”的说法相仿佛，表示黄河若带的感触。“秦重”，犹言秦中尊崇、贵尚之地。“奇形”，指华岳山势奇雄。

⑤“太古”，远古。“后”，指古代部落首领。传说黄帝曾在华山大会群神。“巨灵”，古代神话中劈开华山的河神。

⑥这两句说，相邻的州郡都映着华岳宫观亭台的栏杆之影，山下数县恰在华岳的院子当中。极言华岳之高。“槛”，栏杆。“庭”，正房前的院子。

⑦这两句说，仙鹤腾起煽得坛风已乱，龙吐的唾沫使得洞水味腥。“毳(cuì)”，鸟兽的细毛。“龙漦（sī)”，龙吐的唾沫。

⑧“北极”，极北的地方。“东溟”，东海。通北极而见东溟，极言华岳之高。

⑨“祈雨必零”，祈雨灵验，必得天雨。“零”，徐雨（徐徐而下之雨）。

⑩“羽客”，道士的别称。古时把得道成仙之人也叫羽人，道士慕神仙，故称羽客。

⑪“峻”，高峭。“崦（yān）”，崦嵫的省称。古代神话说是日没所入之山。屈原《离骚》：“吾令羲和弭节兮，望崦嵫而勿追。”

⑫“混石”，颜色混杂的山石。“良玉”，美玉。“茯苓”，草药名。华岳生此草。

⑬这两句说，自己为官之地离华岳很近，故应将全部俸禄献给华岳神祠。“知侧近”，指侧近华山。“岩扃（jiōng）”，指华山神祠。扃，门闩，泛指门户。

西县作[①]

三年西蜀去如沉，西县西来出万岑[②]。树石向闻清汉浪[③]，水风初见绿萍阴。平郊不爱行增气，好井无疑漱入心[④]。从此渐知光景异，锦都回首尽愁吟[⑤]。

①“西县”，见元稹《汉江上笛》注③。

②“三年西蜀”，指其任嘉州刺史三年。因嘉州在蜀地，蜀在西方，故云。“西县西来”，由西县西方而来（即由嘉州而来）。“岑”，小而高的山。

③“汉”，指汉水。

④“平郊”，平旷的原野。“增气”，增加气势（以显示身份）。“漱”，洗涤。

⑤“光景异”，指秦蜀光景不同。“锦都”，指成都，嘉州在成都南，故云。

西县道中有短亭，岩穴飞泉，隔江洒至，因成二首[①]

一

风凉津湿共微微，隔岸泉冲石窍飞[②]。争得巨灵从野性[③]，旧乡无此擘将归[④]。

①“西县”，见元稹《汉江上笛》注③。“短亭”，旧时于城外每隔五里设短亭，十里设长亭，以为行人休止之所。

②“微微”，幽静貌。“石窍”，石孔，石洞。

③“争得”，怎得。“巨灵”，黄河之神，此处借指西县之江神。

④“擘”，用手将江水分开，此处指巨灵，代指江水。“擘将归”，将江分成两条，携一条回到故乡。

二

一瀑三峰赤日天，路人才见便翛然[①]。谁能夜向山根宿，凉月初生的有仙[②]。

①“翛（xiāo）然”，无拘无束，自由自在。

②“的”，确实。

褒斜道中

十驿褒斜到处慵[①]，眼前常似接灵踪[②]。江遥旋入旁来水，山豁犹藏向后峰。鸟径恶时应立虎，畬田闲日自烧松[③]。行吟却笑公车役[④]，夜发星驰半不逢[⑤]。

①“十驿”，第十个驿站。诗人此次由嘉州返长安，第十个驿站是褒斜驿。“慵”，懒散。

②“灵踪”，神灵的踪迹。

③这两句说，鸟径立猛虎，自见其恶；畬田烧松，正是其闲。“畬田”，火种的田地。下种前，用火焚烧所斫树木枝叶，“藉其灰以粪”。“鸟径”，见李白《蜀道难》注④。

④“公车役”，指官家之事。公车，官车，公犹官也。“役”，一作“使”。

⑤这句说夜间发车，星下奔驰，驿路过半犹未见车马行人。

宿仙游寺望月生峰[①]

公门身入洞门行[②]，出阱离笼似有情[③]。僧语夜凉云树黑，月生峰上月初生。

①“仙游寺”，见卢纶《过仙游寺》注①。“月生峰”，在仙游寺不远处。

②这句是说，自己出了衙门却向佛门而来。“公门”，衙门。“洞门”，指重重相对的门，仙佛所居之门。此指仙游寺。

③“出阱离笼”，比喻摆脱束缚。阱，猎取野兽的陷坑。

韩　琮

韩琮，长庆四年（824）进士及第。初为陈许节度判官，后历中书舍人，懿宗大中年间，仕至湖南观察使。诗多清新之制。《全唐诗》编其诗一卷。

二月二日游洛源①

旧苑新晴草似苔，人还香在踏青回②。今朝此地成惆怅，已后逢春更莫来③。

①“洛源”，在商州城东五十里。今名亦同。

②“人”，指作者游洛源时所见的美丽女子。踏青已罢，人回还也；芳踪所历，香犹在也。

③这两句是说，美女忽去，热望成空，故曰惆怅地也；以后逢春，恐致今日，故曰更莫来也。深表对未见到那“人”的遗憾。

题商山店

商山驿路几经过[①]，未到仙娥见谢娥[②]。红锦机头抛皓腕，绿云鬟下送横波[③]。佯嗔阿母留宾客，暗为王孙换绮罗[④]。碧涧门前一条水，岂知平地有天河[⑤]。

①“几经过”，韩琮系进士出身，历官中书舍人、湖南观察使等职，多次走过商山这条驿路。

②“仙娥”，仙娥驿，在商州城西十馀里。此处取仙娥“美人”义。“谢娥”，代指美女，此处指商山店主的女儿。

③这两句说，谢娥皓腕抛处，织红锦也；绿云鬟下，送秋波也。“绿云”，形容女人头发多而黑。“横波”，比喻眼神流动，如水闪波。李白《长相思》：“昔时横波目，今作流泪泉。”

④这两句说谢娥之心态。母留客住，其心喜而佯嗔母也；暗换绮罗，其情切而为王孙也。“佯嗔”，假装怪罪。“王孙”，公子，诗人自指。

⑤这两句说，两情相知，爱慕如牛女也；阿母在堂，阻隔如天河也。欲求而不可得之心绪，更增添情味深长之诗意。《唐才子传》评韩琮诗“多清新之制，锦不如也”，诚然。

李景让

李景让，字后己。大中年间历御史大夫，西川节度使，终太子少保，分司东都。《全唐诗》编其诗一首。

寄华州周侍郎立秋日奉诏祭岳诗[①]

关河豁静晓云开，承诏秋祠太守来[②]。山霁莲花添翠黛，路阴桐叶少尘埃[③]。朱轓入庙威仪肃，玉佩升坛步武回[④]。往岁今朝几时事，谢君非重我非才[⑤]。

①“华州周侍郎”，指周墀，周墀时任工部侍部，出为华州刺史。“奉诏”，奉皇帝之命。“祭岳”，指祭祀西岳华山，《礼记·王制》：“天子祭天下名山大川，五岳秩三公（人臣最高官位）。”唐玄宗先天二年，封西岳之神为金天王。

②“关河”，潼关黄河，潼关在华山东侧，故云。“秋祠”，秋天祭祀。“太守”，指华州刺史周墀。祭华山系周墀主祭，故曰“太守来”。

③“霁”，雨停。“莲花”，莲花峰，华山之峰，代指华山。“路阴”，道路阴湿，又有桐树落叶，故而未起尘埃。

④“朱轓（fān）”，朱红色的车帐。代指车。“威仪肃”，祭祀华岳神的仪式庄严肃穆。“玉佩”句，是说将祭品放在神坛之上，然后返回。“升坛”，升坛祭祀。“武”，足迹。

⑤“谢君非重”，告诉周墀其才能高于太守之位。谢，告诉。“我非才”，作者自谦之语，言无有才能。周墀在和诗中就“非才”称：“岂是琐才能祀事”“弘农太守（即指华州刺史）主张来”。

贾　岛

贾岛（779—843），字阆仙，一作浪仙，范阳（今河北昌黎北，一说涿州，一说北京附近）人。初落拓为僧，后以诗投韩愈，和孟郊、张籍、姚合酬唱，诗名大著。还俗后，屡举进士不第，文宗时，坐飞谤，贬长江（今四川蓬溪）主簿，人称贾长江。后迁普州（今四川省安岳县）司仓参军。有《长江集》。贾岛穷愁苦吟，其诗喜写荒凉枯寂之境，颇多寒苦之辞。虽与孟郊齐名，有“郊寒岛瘦”之称，然而贾不及孟，孟坚而贾脆，孟深而贾浅。其诗以五律见长，诗风清奇苦僻。《全唐诗》编其诗四卷。

晚晴见终南诸峰①

秦分积多峰，连巴势不穷②。半旬藏雨里，此日到窗中。
圆魄将升兔③，高空欲叫鸿。故山思不见，碣石泬寥东④。

①“终南”，即终南山。

②这两句是说，秦岭山峰众多，绵延不绝。“分（fèn）”，职分，名分。“巴”，贴近，靠近。“分”，一作“下”。

③“圆魄”，喻月亮。“兔”，指月中“玉兔”，亦代指月。“鸿”，大雁。

④“碣石”，山名，地在今河北昌黎西北。“泬（xuè）寥”，空旷貌。贾岛本贯范阳，自称“碣石山人”，因思故山碣石。

望山[1]

南山三十里，不见逾一旬[2]。冒雨时立望，望之如朋亲[3]。
虬龙一掬波，洗荡千万春[4]。日日雨不断，愁杀望山人[5]。
天事不可长，劲风来如奔[6]。阴霪一以扫，浩翠写国门[7]。
长安百万家，家家张屏新[8]。谁家最好山，我愿为其邻[9]。

①“望山”，是贾岛从长安城中南望终南山。山，即指终南山。诗中写霖雨后望山带来的心旷神怡。其中“长安百万家，家家张屏新”，设喻奇特，又极贴切，以此望南山，真是新美如画。

② 这两句写南山因雨一旬未见。“三十里”，指长安城至南山之距离。“一旬”，十天。

③ 这两句写诗人望山之殷切。冒雨立望，想见意切也；有如朋亲，想见情殷也。

④ 这两句写雨后之山。“虬龙一掬波”，指下雨。虬龙，无角的龙，龙兴雨。掬波，此处指下雨。掬，双手捧取。

⑤ 这两句写望山心情之急切。

⑥ 这两句写东风化雨，雨过天晴。“天事”，指老天霪雨之事。“不可长(zhǎng)”，不可再长，意即不可再延续。

⑦ 这两句写雨后终南山之美。“翠”，青绿色。“国门”，都城长安之门。“霪”，一作“霾”。

⑧ 这两句写从长安城所望之南山。山似屏，美也；屏经雨以新，尤美也；百万家而张屏新，大美也：南山如此馈赠国门，至美也。

⑨ 这两句作结，写诗人愿与最喜爱终南山的人家为邻。“好”，喜爱。

题安业县[①]

一山未了一山迎，百里都无半里平[②]。宜是老禅遥指处[③]，只堪图画不堪行[④]。

①“安业县”，唐县名，乾元元年（758）更名乾元县。地在今陕西镇安县境。贾岛此诗《全唐诗》未见收录，载于《全唐诗外编》，是《全唐诗续补遗》贾岛遗诗六首中的第五首，题下原注：《关中胜迹图志》二五《商州地理》。

② 这两句明白如话，写神了安业县的地貌特征。

③“老禅”，年长的僧人。

④ 这句是说，安业县重峦叠嶂，风景雄丽，犹如图画而道路难行，故曰，只堪以图画而不堪行也。

送无可上人[①]

圭峰霁色新，送此草堂人[②]。麈尾同离寺，蛩鸣暂别亲[③]。独行潭底影，数息树边身[④]。终有烟霞约，天台作近邻[⑤]。

①“无可”，系贾岛之从弟，入释门，居草堂寺，法号无可。“上人”，佛教称具备德智善行的人。

②“圭峰”，在鄠县（今西安市鄠邑区）东南山中。“草堂人”，指无可。草堂，即圭峰下的草堂寺。

③“麈（zhǔ）”，古书上指鹿一类的动物，尾巴可以做拂尘。因无可外出，带着麈尾，故曰“同离寺”。“蛩（qióng）”，蟋蟀。因无可离寺，故曰蟋蟀暂别亲近之人。

④贾岛自己对此两句极为得意，曾有注云：“两句三年得，一吟双泪流。知音如不赏，归卧故山秋。”明代谢榛认为，前句其辞闲雅，对以后句，不知反为前句之累。今且平心观之，贾岛对此两句的自我评价言过其实。其自爱，世人未必爱也；其自重，世人亦未必重也。而言此，是自慰之成分多也。

⑤“烟霞”，山水胜景。“天台”，《黄庭经》注云：“天中之岳为天台。”此指处于天中的终南山。草堂寺在终南山下，故云“作近邻”。

雪晴晚望①

倚杖望晴雪，溪云几万重。樵人归白屋，寒日下危峰②。
野火烧冈草，断烟生石松③。却回山寺路，闻打暮天钟④。

①贾岛应进士第，屡困文场，与从弟释无可居住在长安西南的圭峰草堂寺，该诗大约作于此时。眼前景写罢，便见空山寒寂，其清冷诗风，于此可见。

②“樵人”，打柴的人。“白屋”，贫寒之家。雪后落日，故曰“寒日”。高险之峰，故曰“危峰”。

③“石松”，生于石壁间的松树。

④“闻打暮天钟”，收束全诗，点活全诗，显得馀韵无穷。

温庭筠

温庭筠（约 812—866），原名岐，字飞卿，太原（今属山西）人。屡举进士不第，官国子助教，常作诗忤时相令狐绹，由是渐被疏远，故不得大用。诗与李商隐齐名，时称“温李”，但温实不及李。作诗八叉手而成，时称“温八叉”，其诗风格秾丽，然而一些吊古咏史行旅之作则气韵清澈。此外，他又是晚唐词的专业作者，成就影响胜于诗，被称为“花间派”鼻祖。《全唐诗》编其诗九卷。

过分水岭[①]

溪水无情似有情，入山三日得同行[②]。岭头便是分头处，惜别潺湲一夜声[③]。

① 本篇中“分水岭”，大约在今陕西略阳县东南的嶓冢山。嶓冢山是汉江与嘉陵江的分水岭。

② 这两句说，无情的溪水却似有情，与诗人同行三日，没有分开。

③ 这两句说，岭头便是分头之处，一夜水声潺湲，道出惜别之情。“潺湲”，水流貌。

商山早行[①]

晨起动征铎，客行悲故乡[①]。鸡声茅店月，人迹板桥霜[②]。

槲叶落山路，枳花明驿墙[3]。因思杜陵梦，凫雁满回塘[4]。

①“动征铎”，指车行铃响。铎，铃。“悲故乡”，即思故乡。

② 这两句写在荒村野店趁月赶路之情景。鸡声月亮，天未明也。板桥霜迹，人早行也。只提出紧关物色之字样，而音韵铿锵，匠心独具，故成为千古名句。

③“槲（hú）”，树名。“枳花”，枳树之花。

④“杜陵”，在长安城东南。“回塘”，曲折之池塘。逆旅之行，最忆故里，温庭筠因思杜陵，推知其家居杜陵也。

于武陵

于武陵，名邺，以字行，杜曲（今属西安市长安区）人。懿宗大中进士。诗多五言，兴趣飘逸多感。《全唐诗》编其诗一卷。

斜谷道[1]

乱峰连叠嶂，千里绿峨峨[2]。蜀国路如此[3]，游人车亦过。
远烟当叶敛，骤雨逐风多。独忆紫芝叟，临风歌旧歌[4]。

① 斜谷道，即褒斜道。见张说《再使蜀道》注②。此诗一作于邺诗。

②“千里”，斜谷道长四百七十里。此处极言其长。“峨峨”，高俊，

高耸。

③“蜀国路”，通往蜀地的道路。

④“紫芝叟”，指秦末的商山四皓。传说四皓以乱退隐，曾作琴曲歌辞《紫芝操》，起句为“晔晔紫芝，可以疗饥”，故有此称。

邵　谒

邵谒，韶州翁源县（今属广东）人。少为县吏，因事激怒县令，被逐去，遂截发髻挂于县门，发愤读书。学成赴官，不知所终。《全唐诗》编其诗一卷。

紫阁峰①

壮国山河倚空碧②，迥拔烟霞侵太白③。绿崖下视千万寻，青天只据百馀尺④。

①“紫阁峰”，终南山峰名。以日光照射烂然呈紫色而名，在今西安市鄠邑区东南。

②“倚空碧”，言紫阁峰挺立晴空，峰显碧色。

③“迥拔”，高远挺拔。“太白”，指太白山，在紫阁峰之西。

④这两句极言紫阁峰之高。“寻”，古代长度计量单位，八尺为寻。

送僧游太白峰[1]

云深游太白，莫惜遍探奇。顶上多灵迹[2]，尘中少客知。悬崖倚冻瀑，飞狖过孤枝[3]。出定更何事[4]，相逢必有诗。

①太白峰，即太白山，主峰在今陕西眉县、太白县境。

②“灵迹”，灵异之迹。

③“狖（yòu）”，长尾猿。

④“出定”，佛教徒把从入定状态恢复至常态称为出定。

林　宽

林宽，侯官（今福建福州）人，《全唐诗》编其诗一卷。

终南山

标奇耸峻壮长安[1]，影入千门万户寒[2]。徒自倚天生气色，尘中谁为举头看[3]？

①“标奇耸峻”，言终南山奇异高峻。

②“寒”，非真寒，乃因其高，而觉其寒，以状峰之峻极。

③“气色”，气象。“尘中”，红尘之中，犹言尘世。

张　乔

张乔，池州（治所在今安徽省池州市贵池区）人，咸通年间登进士第。黄巢起义后，罢举，隐九华。有高致，以苦学，诗句清雅，《全唐诗》编其诗两卷。

华山

青苍河一隅，气状杳难图①。卓杰三峰出②，高奇四岳无③。
力疑擎上界，势独压中区④。众水东西走，群山远近趋。
天回诸宿照，地耸百灵扶⑤。石壁烟霞丽，龙潭雨雹粗。
澄凝临甸服，险固束神都⑥。浅觉川原异，深应日月殊⑦。
鹤归青霭合，仙去白云孤。瀑漏斜飞冻，松长倒挂枯。
每来寻洞穴⑧，不拟返江湖。傥有芝田种，岩间老一夫⑨。

①“青苍”，指华山之色，此处代指华山。“河”，黄河。“气状”，气势和雄姿。“杳”，深远。“难图”，难以画出来。

②“三峰”，指华山最高之三峰，即东峰（朝阳峰）、南峰（落雁峰）和西峰（莲花峰）。

③“四岳”，五岳中除华山（西岳）以外的山岳，即东岳泰山、南岳衡山、中岳嵩山、北岳恒山。

④ 力擎上界，力之伟也；势压中区，势之雄也。“中区”，中部，即中心位置。

⑤“宿”，指天上之星宿。“百灵”，百神。

⑥“甸服”，古代在王畿外围，每五百里为一区划，按距离远近分为侯服、甸

服、绥服、要服、荒服等五服。“甸服”，指王畿外五百至一千里间的地域。“澄凝”，沉静。“澄凝”一作“清凉”。“神都”，指京都长安。

⑦ 这两句说，在浅山已觉川原异样，到深山，应感到日月不同。极言华山之高峻。故所见景物与平地所见者差异甚大。

⑧“洞穴”，仙人或道士的栖居之地。“寻”一作“探”。

⑨“芝田”，谓仙人种芝草的地方。“岩间”一作“商岩”。“老一夫”一作“寒野夫”。

终南山

带雪复衔春，横天占半秦①。势奇看不定，景变写难真②。
洞远皆通岳，川多更有神③。白云幽绝处，自古属樵人④。

①“横天占半秦”，横空出世，占据秦地一半的面积，言终南山之绵延、高峻与雄大。“秦”，指战国时秦国故地，终南山在秦地，故称“占半秦”。

②“景变”句，写终南山随着阴晴变化而呈现出的万千气象。“写”，画。

③“洞”，深透，明澈。“岳”，西岳华山。“川”，河流。“神”，神灵。

④ 这两句写其归隐之意。张乔虽进士及第，而仕途坎坷，后来辞官，隐居九华山。

游华山云际寺[1]

少华中峰寺，高秋众景归。地连秦塞起，河隔晋山微②。
晚木蝉相应，凉天雁并飞。殷勤记岩石，只恐再来稀。

①“云际寺”，在华山中峰。题一作《游少华山甘露寺》。

②“秦塞”，秦地关塞。此处指潼关一带。“河”，黄河。“晋山”，指黄河北晋地的中条山。

题郑侍御蓝田别业[1]

秋山清若水，吟客静于僧[2]。小径通商岭，高窗见杜陵[3]。
云霞朝入镜，猿鸟夜窥灯[4]。许作前峰侣，终来寄上层[5]。

①“别业”，即别墅。

②这句写郑侍御别墅之清静。“吟客”，作诗之人。“静于僧”，佛门本清静，此处言静于僧人，更言远离红尘。

③“商岭”，即商山，在商州城东。此处泛指商州之山，因其与蓝田山相邻，故曰“通”。“杜陵”，地名，在长安东南。本名杜原，汉宣帝在此筑陵，改名杜陵。

④“云霞”句，言爽气朝来，云霞映于镜中。“猿鸟”句，言山中幽静，猿鸟窥灯夜里。

⑤“前峰侣”，前面山峰的侣伴。“上层”，双关语，既言郑侍御别业居山之高，亦言位置之高。

商山道作

春去计秋期[1]，长安在梦思。多逢山好处，少值客行时[2]。
云起争峰势，花交隐涧枝[3]。停骖一惆怅[4]，应只岭猿知。

①“期”，约定的时日。

②“值”，遇到。

③ 这两句说，争峰之势，云所起也；隐涧之枝，花所交也。造化所赐，神且秀也。

④“骖”，驾在车两旁的马。“停骖”，停马，意即停车。

李山甫

李山甫，懿宗咸通中累举不第，虽落魄而有不羁之才，依魏博幕府为从事。《全唐诗》编其诗一卷。

春日商山道中作

一径春光里，扬鞭入翠微[①]。风来花落帽，云过雨沾衣[②]。谷鸟衔枝去，巴人负笈归[③]。残阳更惆怅，前路客亭稀。

①“翠微”，青绿的山色。

② 这两句说，风来花落帽，可知山花之多也；云过雨沾衣，可知雨脚之细也。风花云雨，自见画意诗情也。

③“巴人”，指商山人，因其地近巴山，故称。“负笈”，背着书箱。笈，书箱。

方　干

方干，字雄飞，门人私谥曰玄英先生。新定（今浙江建德）人。举进士不第，隐居会稽镜湖。其诗于晚唐纤靡俚俗之中，独能自振，故盛为一时所推崇。《全唐诗》编其诗六卷。

旅次洋州寓居郝氏林亭①

举目纵然非我有，思量似在故山时。鹤盘远势投孤屿，蝉曳残声过别枝②。凉月照窗欹枕倦，澄泉绕石泛觞迟③。青云未得平行去④，梦到江南身旅羁⑤。

①“洋州”，州治在今陕西洋县。“郝氏”，名不详。洋州州治在汉水北岸，风景与江南有似，此诗系作者怀念江南故园之作。

② 这两句说鹤从高空盘旋而下，落向江中之孤屿；蝉鸣尚未停歇，就拖着尾声飞向别的树枝。两句一绘其形，一绘其色，绘形惟妙，绘景惟肖。宋代计有功《唐诗纪事》中称：“‘鹤盘远势投孤屿，蝉曳残声过别枝’，齐梁已来，未之有也。”

③“欹（qī）”，斜倚。“泛觞”，古时园林中常引流水入石砌之曲沟，宴集时，在水上放置酒杯，杯流到谁的面前停止，就该谁饮酒。这是一种雅兴。“迟”，形容酒杯在水中流动之缓慢。

④“青云”句，是说举进士未第，只好铩羽而归。“青云”，喻进士第。“平行”，即平步而行。

⑤ 这句说，梦已回到江南家乡而身却在洋州作客。“旅羁”，即羁旅，寄居作客。

金州客舍[①]

卷箔群峰暮，萧条未掩关[②]。江流嶓冢雨[③]，路入汉家山[④]。落叶攲眠后[⑤]，孤砧倚望间。此情偏耐醉，难遣酒罍闲[⑥]。

①“金州”，唐代州名。治所在今陕西省安康市城区。

②“卷箔”，卷起门上的珠箔。箔，帘。“萧条”，寂寞冷落。“关”，闭门之横木，即门闩。

③“嶓冢”，山名，在今陕西省宁强县北，是汉江的发源地，江流经金州城下，故云“江流嶓冢雨”。

④“汉家山”，因金州在秦汉时属汉中郡，故云。“家”，一作“阴”。

⑤“攲（qī）”，倾斜。“砧（zhēn）”，此处指捣衣的砧声。

⑥“罍（léi）”，古代盛酒之器具。

路入金州江中作[①]

棹寻椒岸萦回去[②]，数里时逢一两家。知是从来贡金处[③]，江边牧竖亦披沙[④]。

①“金州”，见姚合《金州书事寄山中旧友》注①。

②“椒岸”，高岸。椒，山巅，此处指高。“萦回”，旋绕转折。

③“贡金”，用金向朝廷进献。“牧竖”，牧童。“披沙”，披沙拣金的缩语，即沙里淘金。今多写作“披沙拣金”。

裴　说

裴说，昭宗天祐三年登进士第，官终礼部员外郎。《全唐诗》编其诗一卷。

终南山

九衢南面色，苍翠绝纤尘[①]。寸步有闲处，百年无到人。
禁林寒对望，太华净相邻[②]。谁与群峰并，祥云瑞露频[③]。

①“九衢”，四通八达的道路。此指长安。“绝纤尘”，没有一点灰尘。
②“禁林”，帝王的园林。此处指长安城北的禁苑。“太华”，山名，即西岳华山。
③这两句说，与终南山群峰相并的，是祥云和瑞露。写出了终南山的神秘色彩。“频”，屡次。“露”，一作“霭”。

罗　邺

罗邺，馀杭（今属浙江）人，累举进士不第。昭宗光化中，以韦庄奏，追赐进士及第，赠官补阙。《全唐诗》编其诗一卷。

凤州北楼[①]

城上层楼北望时，闲云远水自相宜。人人尽道堪图画，枉遣山翁醉习池[2]。

①“凤州”，唐代州名。州治在今陕西凤县。

②“山翁”，指晋代山简，其镇守荆襄时，常去郡中习家池（荆州豪族习氏的园池）宴饮，每饮必醉。“习池”，即习家池。“山翁”，此处是作者代以自指。

大散岭[1]

过往长逢日色稀，雪花如掌扑行衣[2]。岭头却望人来处，特地身疑是鸟飞[3]。

①“大散岭”，在今陕西省宝鸡市南秦岭之中。

②“日色稀”，言日色常为云雾所遮，故曰稀。“雪花如掌”，夸张雪花之大，与李白“燕山雪花大如席”同类。

③“身疑是鸟飞”，言身在岭头行走，俯瞰岭下之人，犹疑自身是鸟飞。

秦韬玉

秦韬玉，字仲明，京兆（今陕西西安）人。应进士不第，中和二年（882）特赐进士及第。僖宗奔蜀，他在大宦官田令孜府中任神策判官，田荐他官工部侍郎。诗以七律见长。原有集，已散佚，明人辑有《秦韬玉诗集》。《全唐诗》编其诗一卷。

仙掌[1]

万仞连峰积翠新，灵踪依旧印轮巡。何如捧日安皇道[2]，莫把回山示世人。已擘峻流穿太岳，长扶王气拥强秦[3]。为余势负天工背，索取风云际会身[4]。

①“仙掌”，即华山东峰仙掌峰。东峰之侧面，石上有痕，自下望之，很像手掌，故名。传说仙人掌是河神巨灵擘华山时留下的手印。

②“捧日”，旧时以日喻帝王。因以捧日指拥戴。“安皇道”，安稳帝王之治。

③这句是说，巨灵劈开太华，东导大河。“太岳”，指太华山，即华山。

④这两句说，要巨灵为我势负于东峰之上，与风云际会。“天工”，自然形成的工巧，指华山东峰（仙人掌峰）。“际会”，交接，会合。释作要巨灵让我势负于天工之背，大显身手，亦通。

唐彦谦

唐彦谦，字茂业，并州晋阳（今山西太原）人。咸通二年进士及第。中和年间，王重荣表为河中从事。历节度副使，晋、绛二州刺史。重荣遇害，彦谦贬汉中掾。杨守亮镇兴元，署为判官，累官至副使，后任阆州刺史。彦谦博学多艺，文辞壮丽，号鹿门先生。《全唐诗》编其诗二卷。

兴元沈氏庄[1]

清浅萦纡一水间[2]，竹冈藤树小跻攀。露沾荒草行人过，月上高林宿鸟还。江绕武侯筹笔地，雨昏张载勒铭山[3]。异乡一笑因酣醉，忘却愁来鬓发斑。

①“兴元”，见姚合《送郑尚书赴兴元》注①。

②“萦纡”，回旋曲折。

③“武侯筹笔地”，即筹笔驿（今谓朝天驿），在今四川广元与陕西宁强阳平关之间。蜀汉诸葛亮伐魏，曾在此地筹划军事。“张载勒铭山”，晋代张载随父入蜀，曾作《剑阁铭》刻于剑阁山上。“勒”，雕刻。

登兴元城观烽火[1]

汉川城上角三呼[2]，扈跸防边列万夫[3]。褒姒冢前烽火起[4]，不知泉下破颜无[5]。

① 僖宗光启末年，唐彦谦被贬为兴元掾曹，杨守亮镇兴元，署为判官。这是他登兴元城观烽火所作。“兴元”，见《兴元沈氏庄》注①。“烽火”，古代边防报警的信号，同“烽燧”。

②“汉川城”，即兴元城，因汉江东流经城南，故云。“角”，一种古乐器，出自西北游牧民族，后多用于军中作军号。

③“扈跸”，同“扈驾”。扈，随从，侍从。跸，帝王出行时止行清道。泛指帝王的车驾。“防边”，其时王建据有西川、东川，并图谋攻取兴

元，兴元已近边境，故曰防边。

④“褒姒冢”，褒姒，褒国（唐时改为褒城县，其地今已并入勉县和汉台区）人，周幽王伐褒，褒侯进褒姒，为幽王所宠幸。褒姒性不好笑，幽王悦之万方不得，乃燃烽火戏诸侯，诸侯急至，而无外敌入寇事，褒姒大笑。幽王遂数举烽火，以博褒姒笑。后申侯与犬戎攻周，幽王又举烽火，诸侯以为戏，不至，幽王被杀。褒姒冢，在兴元。

⑤“泉下”，九泉之下，谓褒姒。“破颜”，开颜而笑。

郑　谷

郑谷，字守愚，袁州（治今江西宜春）人。僖宗光启三年（887）进士，官至都官郎中，人称“郑都官”。又以《鹧鸪诗》闻名，人称“郑鹧鸪”。乾宁三年（896），唐昭宗避难华州，他也赶去，“寓居云台道舍”，因自命诗集为《云台编》。郑谷的诗属唐末轻巧清快之格调，诗名颇高。《全唐诗》编其诗四卷。

终南白鹤观①

步步景通真，门前众水分。柽萝诸洞合②，钟磬上清闻。
古木千寻雪，寒山万丈云。终期扫坛级，来事紫阳君③。

①“白鹤观”，道观名，在终南山中。

②“柽”，河柳。“萝”，萝藦，植物名，多年生蔓草。“诸”，犹“于”。“洞”，仙人道士好住洞壑。此指白鹤观道士的居处。“上清”，道家幻想的仙境。

③“终期”，最终的将来。“紫阳君”，指紫阳真人。道家传说，汉沙阴人周义山入蒙山遇羡门子，得长生要诀，乘云驾龙，白日升天。这两句是说自己将来也要笃事道教。

兴州江馆[①]

向蜀还秦计未成[②]，寒蛩一夜绕床鸣[③]。愁眠不稳孤灯尽，坐听嘉陵江水声。

① 这是郑谷由秦去蜀途经兴州时所作。“计未成”，见其忧愁之心境。“兴州”，州名。西魏时改东益州置，治所在顺政（今陕西略阳）。

②“向蜀”句，言其因长安罹乱而向蜀去秦。郑谷入蜀后有句云：“海棠风外独沾巾，襟袖无端惹蜀尘。”（《蜀中春日》）“所向明知是暗投，两行清泪语先流。”（《游蜀》）言其去秦，亦有句云：“香轮莫辗青春破，留于愁人一醉眠。”（《曲江春草》）总而言之，就是“奔走失前计，淹留非本心”（《通川客舍》）。故有“向蜀去秦计未成”之叹。

③“蛩”，蟋蟀。

少华甘露寺[①]

石门萝径与天邻[②]，雨桧风篁远近闻。饮涧鹿喧双派水，上楼僧蹋一梯云[③]。孤烟薄暮关城没，远色初晴渭曲分[④]。
长欲然香来此宿[⑤]，北林猿鹤旧同群[⑥]。

①“少华”，即少华山。“甘露寺”，在少华山上。

②“与天邻”，言甘露寺之高。“篁”，竹。

③“派”，支流。

④“关城”，指潼关和华州城。“渭曲”，地名。在今陕西大荔县东南。

⑤“然香”，即燃香。然，“燃”的本字。

⑥ 与猿鹤同群，言其林下之乐。

韩　偓

韩偓（842—923），字致尧，京兆万年（今陕西西安）人。昭宗龙纪元年（889）进士，历任翰林学士，中书舍人。黄巢起义军入长安，他随昭宗奔凤翔，进兵部侍郎，翰林承旨，很受唐昭宗信任。以不附朱全忠，贬濮州司马、邓州司马。后携家南依王审知而终。其诗多写艳情，辞藻华丽，有《翰林集》及《香奁集》。《全唐诗》编其诗四卷。

早发蓝关[①]

关门愁立候鸡鸣，搜景驰魂入杳冥[②]。云外日随千里雁，山根霜共一潭星。路盘暂见樵人火，栈转时闻驿使铃[3]。自问辛勤缘底事，半年驱马傍长亭[4]。

①“蓝关”，即蓝田关，在蓝田县东南山中，为唐代长安入商州、出江淮湖湘的重要关口。

② 这两句写发蓝关之早。“杳冥”，幽暗。

③ 这四句写出蓝关后之所见。千里雁，闻声而知己之行也；一潭星，见之而知天未明也。樵人火，路盘所见也；驿使铃，栈转时闻也。“栈”，栈道。

④“傍长亭”，靠近长亭。意即奔波在外。“长亭”，秦汉十里置亭，亦谓之长亭，为行人休憩及饯别之处。

商山道中[1]

云横峭壁水平铺，渡口人家日欲晡[2]。却忆往年看粉本[3]，始知名画有工夫[4]。

① 本篇写商山道中所见的美景，充满对商山的热爱。

②“晡”，午后三时至五时。

③“粉本”，画稿。古人于墨稿上加描粉笔，用时扑入缣素，依粉痕落墨，故名。

④ 言商山景致，犹胜名画中之山水。“工夫”，工力。“有工夫”，言画稿尽管很好，究不如商山之神韵。

吴　融

吴融，字子华，越州山阴（今浙江绍兴）人。昭宗龙纪元年（889）进士。昭宗为宦官韩全晦等所劫持，朱全忠、李茂贞等军阀皆欲挟天子以令诸侯，时吴融为左补阙，拜中书舍人。天复元年（901）昭宗反正，吴融受命起草诏书十数篇，简备精当，进户部侍郎，后昭宗被劫去凤翔，吴融未及相从，去客阌乡。随之召为翰林承旨，卒。吴融诗风靡丽有馀，而雅重不足。有《唐英集》。《全唐诗》编其诗四卷。

东归望华山

碧莲重叠在青冥[①]，落日垂鞭缓客程。不奈春烟笼暗淡，可堪秋雨洗分明。南边已放三千马，北面犹标百二城[②]。只怕仙人抚高掌，年年相见是空行。

①“碧莲”，指华山，因其五峰状如莲花，故云。“青冥”，青天。

②“三千马”，《尚书·武成》：“乃偃武修文，归马华山之阳。”“百二城”，指华阴县城。百二，见杜牧《题青去馆》注③。

南迁途中作七首（选二首）[①]

才非贾傅亦迁官[②]，五月驱羸上七盘[③]。从此自知身计定，不能回首望长安。

①诗人曾随韦昭度讨蜀，表掌书记，坐累去官，流落荆南，依节度使成汭。这是组诗《南迁途中作七首》中的第二和第三首。皆舒南迁之愤懑。“七盘”，岭名，在商州西北。

②贾傅，指西汉大臣贾谊，因主张政治改革，遭权贵忌妒、诽谤，贬长沙王太傅。

③“羸”，瘦，此处指瘦马。

七盘岭上一长号，将谓青天鉴郁陶[①]。近日青天都不鉴，七盘应是未高高[②]。

①“号”，拖长音大声呼叫。“郁陶”，忧思积聚貌，即精神愤结积聚之意。

②这两句说，高高的青天都不能明鉴诗人之忧愤，那七盘岭比起青天来低多了。言外之意，七盘岭自然不能明察作者的负屈之心。“高高”，一作“为高”。

宿青云驿[①]

苍黄负谴走商颜[②]，保得微躬出武关[③]。今夜青云驿前月，伴吟应到落西山。

①“青云驿”，位于商於道上武关之东南，在今陕西商南县境。作者又是负谴出行，时也命也。

②“苍黄”，急遽貌。“商颜”，地名。即商原，也叫许原。在今陕西大荔县北。《史记·河渠书》中有“商颜山下”。唐人或误以商颜指商山，

遂使“商颜”成为商州或商山的代称。

③“微躬”，犹言微躯，自谦之词。

分水岭[①]

两派潺湲不暂停[②]，岭头长泻别离情。南随去马通巴栈，北逐归人达渭城[③]。澄处好窥双黛影，咽时堪寄断肠声[④]。紫溪旧隐还如此，清夜梁山月更明[⑤]。

① 吴融登第后，又随韦昭度入蜀，此诗写于梁州。以诗中所述，此分水岭在梁州之梁山。

②“派”，江河的支流。

③“巴栈”，巴地的栈道。巴，古国名，位于今四川东部一带。“渭城”，秦时咸阳城，汉代改称渭城，在今咸阳东北二十里。

④“澄处”，水面澄平之处。“双黛影”，指两座山峰映入水中的倒影。“黛”，青黑色。

⑤“紫溪旧隐”，指作者旧时隐居紫溪之事。“清夜”，深夜。这两句写诗人不舍家园的情怀。千里乡关，今犹忆也；清夜月明，更相思也。

韦　庄

韦庄（约836—910），字端己，京兆杜陵（今陕西省西安市东南）人。昭宗乾宁元年（894）登进士第，授校书郎，转补阙，李询为西川宣谕使，韦庄为判官，以中原黄巢起义，潜依西川藩将王建。王建辟为掌书记。唐亡，王建建立前蜀，以其为宰相。韦庄饱受乱离之苦，多伤时之作，早年作《秦妇吟》长诗，颇有名。他又是著名词人，词风秾丽柔媚，是“花间词派”的标志性人物。有《浣花集》。《全唐诗》编其诗六卷。

焦崖阁①

李白曾歌蜀道难，长闻白日上青天。今朝夜过焦崖阁，始信星河在马前②。

①“焦崖阁”，在秦蜀道中。

②“星河”，天河。这句言焦崖阁之高。

鸡公帻①

石状虽如帻，山形可类鸡。向风疑欲斗，带雨似闻啼。蔓织青笼合，松长翠羽低②。不鸣非有意，为怕客奔齐③。

①“鸡公帻”，题下原注：“去褒城县二十里。”褒城县，故地在今陕西勉县东北。

② 蔓织青笼，因鸡也；松条下垂，以羽也。本无关鸡而随鸡写来，四句涉笔雅妙。

③ 这两句暗用齐国公子孟尝君典故，见李世民《入潼关》注⑦。这两句

说，石鸡不鸣并非有意，怕的是一鸣而旅人都奔向齐国，是为趣语。

王贞白

王贞白，字有道，永丰（今属江西省）人，乾宁二年登进士第。后七年，始授校书郎。尝与罗隐、方干、贯休唱和。《全唐诗》编其诗一卷。

终南山

终朝异五岳，列翠满长安[①]。地去搜扬近，人谋隐遁难[②]。
水穿诸苑过，雪照一城寒[③]。为问红尘里，谁同驻马看[④]。

①“五岳”，即东岳泰山、西岳华山、南岳衡山、北岳恒山、中岳嵩山。“列翠”句，言终南山诸峰耸翠，色满长安。

②“搜扬”，访求推举。语出三国魏曹植《文帝诔》：“思良股肱，嘉昔伊吕，搜扬侧陋，举汤代禹。”“隐遁”，隐居。遁，隐去。

③“水穿”句，言山中之水向北流去。“苑”，养禽兽、植林木的地方。“雪照”句，言终南山因离长安很近，故其积雪照得满城寒冷，此亦祖咏《终南望馀雪》中“林表明霁色，城中增暮寒”之意。

④“红尘”，旧指繁华的社会，泛指人世间。

徐　夤

徐夤，一作徐寅，字昭梦，莆田（今属福建）人。昭宗乾宁二年（895）登进士第，授秘书省正字。依闽王王审知，因事摈弃，后蓬转客途，不知所终。《全唐诗》编其诗四卷。

西华

五千仞有馀神秀，一一排云上泬寥②。叠嶂出关分二陕③，残冈过水作中条④。巨灵庙破生春草，毛女峰高入绛霄⑤。拜祝金天乞阴德⑥，为民求主降神尧⑦。

①“西华”，西岳华山。

②“仞”，古代长度计量单位，一仞为八尺或七尺。“泬寥”，空旷貌。这里指高空。

③“关”，指函谷关。“分二陕”，相传周初周公和召公分陕而治，周公治陕以东，召公治陕以西。陕即陕陌（或称陕原），地在今河南三门峡市。

④这句说，巨灵擘华山导河时，将一些残冈置于黄河以北，成了中条山。“水”，指黄河。

⑤“巨灵庙”，在华山上。为汉武帝时所建。“毛女峰”，在华山青柯坪西南、西峰下方。“绛霄”，即丹霄，指天空。

⑥“金天”，总管华山之神。“阴德”，不被人们了解的高尚道德和恩惠。

⑦这句说，为万民求主，盼天降一位圣明的君主。唐末天下大乱，作者遂有此感时之言。“尧”，古代传说中的贤明帝王。

李　洞

李洞，字才江，京兆人。昭宗时不第，游蜀卒。《全唐诗》编其诗一卷。

华山

碧山长冻地长秋，日夕泉源聒华州①。万户烟侵关令宅，四时云在使君楼②。风驱雷电临河震，鹤引神仙出月游③。峰顶高眠灵药熟，自无霜雪上人头④。

①“聒（guō）”，声音杂乱。

②“关令宅”，有人说可能指周人尹喜之宅，尹喜为函谷关吏，见有紫气自东而来，知道将有圣人过关，果然老子骑着青牛而来。此说似勉强。“关令”，可能指关姓的华阴县令。“使君”，汉以后对州郡长官的尊称，此指华州太守。

③“鹤引”句，传说华山上常有乘鹤之游仙。

④“高眠”，承上句之“神仙”。“灵药”，灵妙的草本药物。“自无”句，谓仙人服灵药后头发不白。

和　凝

和凝，字成绩，郓州须昌（今山东东平）人，举进士。后唐天成中，历翰林学士。知贡举，所取在一时之秀。后晋天福五年，拜中书侍郎，同平章事。入后汉，拜太子太傅，封鲁国公，终于后周。和凝之文，以多为富。《全唐诗》编其诗一卷。

洋川[1]

华夷图上见洋川，知在青山绿水边[2]。官闲最好游僧舍，江近应须买钓船[3]。

①“洋川”，地名。唐时属兴道县（今陕西洋县）所辖，今属陕西省西乡县地。

② 这两句写洋川之风貌。“华夷图”，古代之地图。

③ 这两句写作者在洋川之趣。

孟 贯

孟贯，字一之，建安（现在今属浙江建筑县）人。初客江南，后仕周。《全唐诗》编其诗一卷。

过秦岭

古今传此岭，高下势峥嵘。安得青山路[1]，化为平地行。苍苔留虎迹[2]，碧树障溪声。欲过一回首，踟蹰无限情[3]。

①“安得”，哪得，哪有。是欲得而不可得的语气假设。

②“虎迹”，老虎的踪迹。唐时秦岭有虎。

③“踟蹰”，心里迟疑，要走不走的样子。

曹　松

曹松，字梦徵，舒州（今安徽潜山附近）人。早年栖居洪都西山，后往依建州刺史李频。困于名场多年，至昭宗天复初（901），年七十馀，始登第，时值新平内难，朝廷以放进士为喜，曹松被特授校书郎，既而卒。诗多旅游之作，风格学贾岛，取境幽深，字句洗练。《全唐诗》编其诗两卷。

商山夜闻泉

泻月声不断①，坐来心益闲。无人知落处，万木冷空山。远忆云容外②，幽疑石缝间。那辞通曙听③，明日度蓝关④。

①“泻月”，指泉水，月夜泉水流动，映照月光，其光在水面折射后一片银白，故称泻月。

②“云容外”，即云外。

③“那辞”，不辞。“那”通“哪”。“通曙”，直到天明。

④“蓝关”，即蓝田关，在蓝田县东南。

蒋　吉

蒋吉，生平不详。《全唐诗》编其诗十五首，皆为绝句，多写羁旅之情。

次青云驿[1]

马转栎林山鸟飞，商溪流水背残晖。行人几在青云路[2]，底事风尘犹满衣[3]。

①“青云驿”，地在今陕西省商南县。

②“青云路”，双关语，既言青云驿之路，更言登上高位之路。青云，喻官高爵显。后世称登科为平步青云。

③“底事”，什么事。

无　可

无可，诗僧，范阳（今河北涿州）人，俗姓贾，系诗人贾岛从弟。少年时出家，与贾岛同居长安青龙寺。后云游江南。工诗。《全唐诗》编其诗两卷。

金州别姚合[1]

日日西亭上，春留到夏残[2]。言之离别易，勉以道途难[3]。

山出一千里，溪行三百滩[4]。松间楼里月，秋入五陵看[5]。

① 无可是诗僧，系贾岛从弟，与诗人姚合关系密切。此诗作于文宗大和年间，时姚合为金州（今陕西安康）刺史，无可往访，此乃告别姚合时所作。

② 这两句言春日至夏末，在金州为时不短。

③ 这两句言离别时姚合之劝勉。“道途难”，言道途艰难，望其保重。

④ 这两句言道阻且长，亦是姚合之劝勉。“溪”，一作“江”。

⑤ 这两句言希望秋日与姚合相见。亦寓希冀姚合内调之意。“五陵”，指西汉皇帝的五座陵墓，均在长安渭北一带。此处代指长安。

跋

说起这部《唐诗陕西》五卷本，先应说它的缘起。

2015 年春，由南京大学牵头的《全唐五代诗》第一函，即唐初至杜甫的十卷本，由陕西人民出版社出版，我有幸参与了该书的编辑工作。该书出版后，立即引起了社会的关注。为全唐五代诗结全集，为中华优秀文化聚原典，正见了陕西人民出版社的文化自信和历史担当。著名作家、该书的责任编辑张孔明兄以编辑家的眼光，由此而产生了对唐诗作专题选注之设想，即《唐诗陕西》。嗣后，我受命选注《唐诗秦岭》。这本选注 350 首诗的《唐诗秦岭》出版后，我又受命选注《唐诗陕西》。当时基于篇幅的考虑，意在结集为上、下两册，如此一来，自然不宜分类过细，遂以人系诗，予以选注。2017 年冬，在陕人社例行的翌年新书选题会上，此选题幸逢支招。群贤语重心长，建议将此书分门别类，做成若干册云云。群贤皆高人，点铁成金；群贤皆智者，用意殊深。赖有此力，孔明兄择善而从，遂当即与我敲定，扩充内容，分作五册，并以唐人诗句冠以书名：《万国衣冠拜冕旒》，统大唐三百年也；《秦中自古帝王州》，统京城长安也；《秦川如画渭如丝》，统天府关中也；《太白终南地轴横》，统龙脉秦岭也；《文彩风流今尚存》，统人文纵横也。

此五册的内容，大抵涵盖了今之陕西地域。书稿送审，陕人社决定，为明了起见，直观以取书名，曰《大唐三百年》，曰《京城长安》，曰《天府关中》，曰《秦岭风情》，曰《人文纵横》。一目了然，大佳。

《唐诗陕西》，顾名思义，就是指唐诗中有关陕西的诗作。但有三点必须特别提及：其一，此处“陕西”指今日之陕西省，而在唐代和唐诗中，凡有“陕”字，均指陕州或陕县（在今河南省境内），与今之陕西并无关系。陕西作为行省，源于宋时的陕西路（周初周公、召公分陕而治，其中的“陕”，就是指陕陌或陕原），元置陕西行中书省，明改陕西布政使司，自清以来称陕西省。今日陕西的范围，大约辖唐时的京兆、凤翔、兴元三府，以及华、同、邠、陇、鄜、坊、延、绥、夏、麟、银、金、洋、商、兴、凤等州。其二，“关中”，据辞书解释，有狭义和广义两种。狭义指关中盆地，即八百里秦川，广义指今日之陕西省，书中取其广义者。其三，唐诗中凡涉“秦”字者，大多指今日之陕西，也有少量指今日甘肃东部之地。

明乎此，便可知陕西作为唐朝的中心区域，更显出特殊之地位；亦可知唐诗对陕西的一往情深，更使其成就得到了升华。唐诗陕西，陕西唐诗，在相得益彰中完成了诗化的诠释。唐代诗人以他们的生花妙笔，展现出旷代盛朝之伟，帝都王气之佳，山水形胜之美，天人合一之谐。伟佳美谐，便见了繁花似锦。然而要以有限之篇幅，兼及诗人及诗作，选注皆不易。

凡所选，以质美骨香者为是；凡所注，以洁明准确者为务。中有一二篇什，亦参稽中国社科院文学所的《唐诗选》和萧涤非先生《杜甫诗选注》等大作，他山之石，可以攻玉，在此谨致谢忱。且喜《唐诗陕西》今已成帙，采诗千首，皆杰秀特出，大具四“者”之光华——尤要者，以其影响更大也；有代表性者，以其能树高标也；脍炙人口者，以其常经人道也；富有特质者，以其各有面目也。

辉煌的唐诗，辉煌的陕西。陕西因唐诗而更加声名远播，唐诗因陕西而更加登峰造极。这就是我们的唐朝，这就是我们的唐诗，这就是我们的陕西——

华章盛代竞相隆，三百年间陕在中。
地推四塞关河壮，天定长安王气雄。
文采风流情擅美，终南太白势横空。
而今挺出唐诗里，犹带依依秦地风。

杨乾坤

2020. 7. 12